友は野末に

九つの短篇

色川武大

新潮社

友は野末に　九つの短篇　目次

*

表紙装画　有馬忠士
筒函デザイン・装幀　新潮社装幀室

友は野末に

九つの短篇

*

友は野末に

某日、小さなホテルにこもって仕事をしているとき、家からの電話でまた一人の友の死を知らされた。五十をすぎるとそういうことが頻繁になってきて不思議はないし、自分の命だって風前の灯なのだから、他人が死のうと自分が死のうと日常茶飯のことといえなくもない。私の父は九十の半ばを越すまで生きていたが、兵学校や海軍大学の卒業名簿というものがあって、平素音信不通であっても、同期生の死亡通知だけは必ず来る。いつ頃からか父は名簿に赤線を引きだした。通知を受け取るたびに、ふむ、といって、一人ずつ赤線で消して行く。晩年の頃にはどのページもぎっしり赤線で埋まっており、卒業名簿というよりは、赤線の名簿という趣きを呈した。

私は学校というものにほとんど行かなかったから、卒業名簿のようなものはない。そのかわり、小さい頃からさまざまな方角で、さまざまな階層の人と接触していたから、知人というものがめったやたらと多い。子供のくせに四十も五十も年上の知人というものが数百人ではきかなかっただろう。直接言葉を交したことはないが、その人の一挙一動に関心を持っていたという存在を加えれば、小学生時分に、おそらく、万を越したと思う。

その人たちをはじめとして、豆を笊にあけるように、音立てめらになだれを打って鬼籍に入って行く。もっとも簡単にそうなるのではなくて、誰も彼も、いっかな死なないと思わせておいて、いつのまにかそうなっている。そういう人の流れを見送っているうちに、自分も押し出されるようにして瀬戸際に近づいてきた。

父の名簿ほどではないが、私が長年馴れ親しんできた人たちは、すでにして鬼籍の方が圧倒的に多い。そのうえ毎日の新聞の死亡欄でも同年輩の人がたくさん眼につく。死ぬということが特殊なことではないのだということが私にも肌で少しずつわかってきたようで、すくなくとも若い頃のように、なんだか納得のいかない怖ろしさとはいくらか変ってきた。多分、私だけでなく他の人もそうやって次第に老いていくのであろう。死にたいというほどではないが、暖かいベッドに入りこむというに近い感じがあり、機会さえあれば、向こうに行ってもかまわないような気がする。

ただし、死ぬならすべて無くなって、塵埃のように四散してしまいたい。あの世だの、魂の安息だの、死んだあとでまだ人生の続きみたいなことがあるのはかなわない。

死んだら、すべて無。その条件でなら、軽快に自殺したい。私は以前は、自分の死に方に自殺という線はあまり考えなかった。身を持ち崩そうにもこれ以上ないというくらいに崩れているし、孤立にも比較的強い。だから、せめて病気でなく、事故で死にたいと思っていた。けれども、考えてみると、自殺に深刻な理由などいらない。私は子供もないし、神仏なども信じていないし、出る引くに軽快なところが強味のはずで、この点を生かして豁達に処理したい。

今までうっかりしていたけれど、私の知人、特に初老を迎えた男性の例を眺めていると、それぞれ表面の死因は病名がついているが、その実、多少なりともみずから死をえらびとった臭いがする。もちろん当人すら自殺と考えていないケースが多かろうが、一番簡単な自殺はわざと体調を崩すことであるかもしれない。

だから、そういう気配が感じられた場合、訃報そのものはそれほど傷ましくない。お互いに、痛々しいのはそこに至るまでの生涯の経過の方で、死に近づく直前の段階で、とことんまで悩まず、たとえ紙一重でも軽快な心境に近かったことを祈るばかりである。

家からの電話のあと、思ったとおり、大空くんが現われた。

私はそのとき、やっぱり仕事をそのまま続ける気にならず、風呂にぬるい湯を張って、身体を沈めていた。私は内湯というものが好きでなくて、ホテルに居てもめったに使わない。便器と一緒のあの小さい部屋に居ると息がつまってしまう。そのときは特に、横たわった裸の自分が、寝棺におさまったように見えた。そのうちに、いつのまにかうとうととしてしまったらしい。

私はナルコレプシーという持病があり、睡眠のリズムが狂うとともに、夢とも現ともつかぬ奇怪なものをしょっちゅう眼にする。自分でそのことはよく承知しており、苦痛や悪寒がそのつどともなうのだけれど、それらのことにもおおむね慣れて、近頃は、幻影とも平気で会話できるようになった。また自分から病気に命じて、それがどれほど客観的に正確かどうかは別として、欲する幻影をこちらから出現させたりもする。いいかげんな記述をするようだが、知人も、見知らぬ人も含めて、会いたい人にはわりに会っている。

ただし、彼等はいずれも、私の病的な神経が産んだ幻影であって、真の彼等自身ではない。そこいらを忘れ、油断をしていると、幻影たちから手ひどい反撃を喰う。

大空くんは、子供のときにしか接触してないのに、中では幻影に現われやすい人で、当方が招くときばかりでなく、ときどきあちらの方からも不意に登場してくる。大空くんのお母さんもその数の中に加えていいかもしれない。交際は深いのについぞ幻影になって出てこない人もあるのに、どういうわけか、大空くん母子は頻繁で、むしろ大空くん自身がそういう折りを楽しみにしているように見えるときがある。

だから、そのときは必ず会えると思っていた。

私はいつのまにか、子供の頃にかよった銭湯の広々とした湯槽《ゆぶね》の中に身を伸ばしていた。

もうそのとき、彼はちゃんと、湯槽の縁に腰かけて、いくらか口惜しげな、また当惑したような笑顔を向けてきていた。小学校の頃の幼い表情よりはだいぶ成人していたが、やっぱり根のところでは変らない。彼は人と接触しようとするとき、いつもこんなふうな笑顔を向けてくる。

私も笑顔になった。

彼は寒そうに肩をすくめ、それでも湯に入ろうとせずに、そのままの姿勢でこちらを見ていた。

私は笑顔を消さずにいった。

「――大空くん、お母さんはどうしてる」

彼の表情は変らない。笑顔が写真のようにそのままだ。

しかし、大人用の深い湯槽の方に裸形の女の人が現われた。あ、お母さんも来たな、と思う。

けれども、昔ふうのひっつめた髪の形が似ているだけで、どこの誰ともつかない平凡な美人だった。

「――ちがう、もっと肉づきが厚いし、背中もまるいよ」

女の人はファッションモデルのように、子供用の湯槽の境い目まで歩いてきてくれる。そうして歩きながら私の指摘に応じて、変化してくれた。

しかし、なかなか面影が現われない。特に顔だちは、言葉で指摘するのがなかなかむずかしい。

「――そんなふうに美人じゃないんだ。もっと田舎くさくて、だけれども、眼が大きいし、造作はいったいにはっきりしてるの。本来はきりっとしたところのある美貌だと思うんだけれども、すこしたるんできてね、それで笑ったとき以外は、意外に淋しい感じで――、ちがうんだ、そうじゃないんだよ、いかにも一人っ子のお母さんという感じで、それでいて、充分にまだ華やいでも居たいのに、いろいろと日常の不充足があるというふうで――」

大空くんを前にしていいにくいことまでずけずけいってみたが、だんだんわからなくなってしまう。

すると、湯が波立ったかと思ったら、ストリッパーが交代するように、もう一人、裸形の女の人が現われた。

「ああ、うまい――」

と私は手を拍って、大空くんにも同意を求めた。

「今度はそっくりだ。ねえ大空くん――」

その女の人は私に向かって白い歯を見せた。

「――当り前よ。本人ですもの」

彼女はその一言だけしかいわなかったと思うが、いかにも遠いところから駈けつけてきてくれたらしい気配が満ちていて、なるほど本人か、と私は納得した。

大空くんが、恥かしそうな笑みに微妙に変った表情で、ほんのすこし足をばたつかせた。

大空くんのお母さんも裸形で、だとするとすこし不穏当だが、豊かな胸乳から下は湯の中に隠れて見えなかったのであろう。

彼女はやっぱり子供風呂の境い目のところまで来て、活発に歩いて見せてくれた。

「――おばさん、元気そうだね」

彼女は銀歯を見せて笑った。そうしてこちらに手を差し伸べてきた。私は湯の中を移動していって握手した。庭の植木が伸びすぎたように長い指で、少し乾いてがさがさしていた。けれどもその瞬間に、このおばさんになんとなく憧れていた幼い頃の一時期の想いが胸をかすめた。

私はそこで、幻影を見ることを中止して、眼を開こうとした。おばさんと握手できたことは思わぬもうけ物だったと思う。同時に、その感触から、まったく遠くへだたってしまって、もはや異形としか感じられない間柄になっていることも感じた。多分、おばさんの方も、私の指の感触を気味わるく思っただろう。

そこのところをこれ以上追いつめていくと、愉快な結果が得られない。油断して深入りしてろくなことがあったためしはないので、もうここで、断乎として私は失礼したい。ところが何事もすぐには意のままにならないもので、夢から醒めようとしても、眼前の幻はなお完全には消えない。

大空くんと、お母さんが、湯の中で抱き合っている。蠟が溶けていくように、身体の輪郭がうすれていっているが、不届きな気配はもうはじまっていて、母子ともに、さっきまでの面影を消し、獣の口もとと眼つきになり、乱れ騒ぐ恰好になる。

私は醒めようとしてもがき、あらかた醒めて、視野にはホテルのバスルームが戻ってきてはいたが、なお、二人のくろぐろとした髪の毛だけが消えずに動いている。

大空くんとは幼稚園でまず一緒だった。それから小学校で同じ級だった。その幼稚園から同じ小学校にあがった者は意外にすくなくて、級の中に三四人だったと思う。その点でも大空くんには最初から親しみを感じていたけれど、それ以上に印象が強かったのは、彼が癇癖が強くてしょっちゅう口惜し泣きをする。私は逆に意気地のない子で、人前では何も一人前にできず、困って泣いてばかりいた。内容はちがうが私も彼もアンサンブルを乱してばかりいる厄介者だった。

立往生して泣き出し、それで列の外にはじき出されたあとで私は大空くんばかり眺めている。そのうちきっと、あの子も列からはみ出すだろう。早くそうなって仲間ができればよいと思う。

彼は園児同士ではもちろん、気にいらないことがあると保母さんや園長先生にもつっかかっていく。その姿勢はいつも定まっていて、右足をいくらか踏み出し、左足を逆に後方に大きく伸ばして支えにして半身のような構えになり、上眼使いで相手をにらみ、歯をむきだして威嚇しながら両手を前に突きだして小きざみに振りまわす。しかしその手は相手に触れることはなく、具体的な打撃を与えることはなかった。かりに相手の身体に触れても、威勢にはならなかったろう。彼は小柄で、みるからに力が弱そうだったから。

けれども、いったんその姿勢になると、容易なことでは機嫌が直らない。保母さんあたり

がいいくるめようとしても、

「――いや、いや、いや、いやだ」

そんなふうに叫んで、ひたすら闘う構えを示した。小学校にあがっても彼のその勢いは衰えなかった。当時、冬場になるとストーブのそばに弁当箱をおいて暖める棚のようなものができていたが、あるとき誰かが大空くんの弁当箱を押しのけて自分のをいい場所におき、そのため彼の弁当箱は下に落ち、結局暖気の届かないところに捨てられたようにおかれていた。

彼は授業中にそれを発見し、いきなり突進していって、皆の弁当箱を両手でずらし、自分のを一番いい場所におこうとした。

教師が叱声を洩らしたが、彼はきかなかった。

「――大空、席に戻りなさい」

教師は大空くんの弁当箱を再び元の位置に戻した。すると、教師が教壇に戻らないうちに、大空くんがするすると出て行ってまた弁当箱を移動させた。

「気を散らすんじゃない――」

と教師はいい、彼を席に戻そうとして近寄った。

「いや、いや、いや、いやだ――！」

彼はそういった。それから眼を丸くし、口を大きく開いて、念を押すようにつけたした。

「いやだ――、いやだ――！」

教師が近づくと、彼は例の姿勢になり、敵意をあらわに見せて両手を振りまわした。

かっとなった教師が、大空くんの手をつかんで引き寄せようとしたが、彼は腰を床におとし、ストーブの下皿に足をからみつかせて抵抗した。

「いや、いや、いや、いやだ――！」

引けば、ストーブが一緒に倒れるかもしれない。手を離すと、はね起きて闘う構えになる。そうしてじりじりと後退した。

大空――、大空――、と教師が連呼するが、彼はすこしもくじけずに半身の姿勢を続けた。そうして後退を続けて、ついに廊下に出た。

私たちはどっと笑った。教師は慌てて捕まえにかかる。手をつかまれると彼は身体を横倒しにして床につけ、足を廊下の板壁に突っ張ってひきずられまいとする。手を離すと忽ち元の姿勢に戻る。そうやって二人はだんだん廊下を移動していき、休み時間のベルが鳴るまで片づかなかった。

教師はそれ以来、大空くんをいくらか持てあますようになったが、生徒の方はむしろ面白がって彼を怒らしていたように思う。昆虫を指でつついて怒らして遊ぶのに似ていた。学校は彼にとって受難の場であるように思えたが、彼は私のように登校するのがいやでずる休みするというような気配はない。その点、とても健全で、庶民的な体質だった。

彼の家は軍人の卵を養成することで有名な中学校の塀ぎわにあり、表通りからすると路次の奥の古びた一軒家だった。多分、借家だったと思う。というのは、彼の母親がいつももう少しましな家に移りたい、この子が中学に入るまでは二階家に移らなければ勉強部屋だって必要だし――といっていたから。

しかし私の印象では、なんだか淋しい家庭に見えた。彼は一人っ子で、両親から充分に愛されていたようだし、母親もけっして陰気な女ではなかったが、どこか家庭の味というものが熟し切っていないところがあって、父親も、母親も、彼も、それぞれが一軒の家に下宿しているような案配に見えた。どうしてそう感じたのかはっきりした原因はわからない。私は一人っ子ではなかったが、弟と六つ離れていて一人っ子のような育てられ方をしており、家庭状況に似たところがあって、なんとなく敏感になっていたのであろう。

大空くんの父親は、めったに会わなかったので印象がうすいが、だいぶ年を老《と》っているように見えた。出版業か、或いは神田あたりで本の卸しのようなことをしていたのではないか。前額が禿げあがり、鰓の大きく張った漫画ふうの顔だちで、東北訛りの濃い口調で糞まじめに小言ばかりいっているような人だった。眼が大空くんと似ていていつも少しも笑っていない。多分、努力家だったのであろうが、外でも内でも、それがほとんど効能をあらわさぬままに、疲れていらだっているように見えた。母親も同郷の人らしく、志を立てて夫婦で上京してきた感じだったが、彼女がもともと持っている明るい女っぽい気性が暮しの中でうまく折り合わず、そのため私の母親などとの交際の中でわずかに不充足を発散しているようだった。とはいえこの一家は、異郷に住む人らしく、それ以上にばらばらになろうとはしない。不充足は透かし見えたが、母親は夫を命の綱のようにして頼っていたし、大空くんもよかれあしかれ父母の肌ざわりを強く受けついでおり、不充足でありながら家庭という枠の外にはなかなか出てこようとしないで、外に対していつも身構えているような子だった。彼等はとてもつましく、一見静かに暮しているようだったが、にもかかわらず、どこか偏頗になっている。そのあたりがまた、私と微妙に交信しあっていたところなのであろう。

私と大空くんは小学校を通じて、親友といってよかったと思う。低学年の頃は、幼稚園からのつながりという面が濃かったが、後でもっと強いつながりが生じた。それは電車ごっこという遊びを通じてである。

子供が乗物に興味を持つのはごく自然のことで、最初は私たちもその段階であり、部屋の中でカルタなどを電車に見立て、畳の縁を線路に見立てて軽く遊んでいたのであるが、おおいに遊びのリアリティを追っていくうちに、複雑な仕かけを要求するようになる。

私たちは支線の多い私鉄を共同で運営しているような気分になって、短距離の軽便車、中距離の三輛連結、長距離の準急、急行、特急などを案配よく発進させるようになった。意見の衝突を避けるためにお互いの受持区間を半分ずつわけたりした。すると国境のような接続駅ができる。大空くんも自分のペースで電車を動かしたいところであり、この遊びはそこにこそ味わいがあるのだから、私の方もペースをゆずらない。接続駅の周辺で電車が渋滞したりする。

そのうちに大空くんが、時刻表を立案実行することを考えだした。この遊びが過熱しだしたのはそれからで、前もって二人で苦心して作った時刻表どおりに持ち場を動かす。それぞれの軸駅に目覚し時計をおいて、分秒きざみに電車を動かそうとする。かなりの本数が動いているからその忙しさといったらないし、それでもどこかに手の廻らないところが生じる。お互いに小用を足すひまもない。それがまた張り合いになって、飽きずに毎日やった。

そうしてさらに発展して、自転車を使って道路で遊ぼうということになった。私の家の近所の同年輩の子が何人か参加し、幼い子は三輪車で参加した。線路を定め、時刻表を造るのは二人でやったが、駅長は交代制である。大きな米屋のある丁字路が発駅で、ここと途中の軸駅に一人ずつ駅長をおいた。大きな門構えの家の前が急行の停まる駅であり、電信柱が小駅になる。各自が家から腕時計や目覚し時計を持ち出し、時間に合わせて折返してくる。三輪車の子までいっぱしの表情で行きつ戻りつした。

しかし一番乗っていたのは大空くんだったろう。彼は学校が終るとすぐに自転車に乗って、電車の擬音など口にしながら私の家の方にやってくる。帽子の顎紐を顎にかけており、笛を胸にぶらさげている。学校などで口惜しがりだすときの表情とは別人のようで、誰よりも大きな声を出していたし動いてもいた。

ある日、特急で一番遠い終着駅まで行ってくるはずの大空くんがなかなか帰ってこない。次の特急が出て行ったが、彼だけ戻ってきた。引越しの小型トラックが道をふさいでいて途中で引き返してきたという。

「大空くんはどうしてる」

「彼はあすこで待ってるよ。トラックのそばでじいっと動かない」

道路の隅が辛うじて通れそうなくらいあいていたけれど、

「いえーィ、特急があんなところ通れるかい――」

大空君はそういったという。

やがて彼が、疲れ切った歴戦の勇士のような面持で自転車をこいできた。誰も賞めなかったけれど、彼としては思い出に残るような一瞬だったのではあるまいか。


実をいうと大空くんとの交流はこの小学校時代に限られるのである。お互いの中学に行くようになって、ばったり交際が途絶えた。べつに直接の理由は何もなかったと思う。その当時私は、特に電車ごっこの熱いつながりが、すぐに痕かたも無くなってしまうなんて思いもしなかった。お互いに、それぞれの中学で新しい条件や友人ができていたのだろうが、この間に戦争の激変があり、一帯が焼土と化している。そうして、大空くんの父親も亡くなっていたようだ。

残された母子は罹災して、私どもの町内の方に仮住まいしていたらしい。居住場所は前よりも一層近くなったようで、戦争が終った直後からは、ちょくちょく道を歩いている姿を見かけた。ところがなんだか声がかけにくい。向うも此方を意識しているのがわかるが、ひとしきり間をおいて他人行儀な挨拶から入るのが照れくさい。もともとそれほど遠い仲でもないし、といってかつての親密さを今必要としているわけでもない。そういうことをわずらわしがる年頃でもあったのだろうし、お互いに人見知りでもあった。

そのうえ、電車ごっこに熱中していた一時期の私たちの関係が近接しすぎていて、常軌を逸していたというに近い思いもあり、お互いに恥部を見るのを厭がったということでもあったかもしれない。

それからもうひとつ、彼の身になって考えると、推測できる理由もある。

その時期だったかと思うが、焼跡にできた銭湯に昼間行くと、ちょうど大空くんが中に居た。がらんと空いた湯槽の中で、お互い頑固に、しかし気まずく黙りとおしていた記憶がある。

母親同士は道でぶつかると並みの挨拶以上の会話をとり交しているようだったが、私は大空くんの母親にも挨拶をしそこなっていた。当時の私は近隣の人との無意味な挨拶を面倒がって誰に対しても顔をそむけていた。戦争中に中学を停学処分になって以来、私はグレており、市民たちとは没交渉で一人で生きていくつもりだったせいもある。

一度、私の母親から、彼が浪人中であることをきいた気がするが、その他のことは何も知らない。

しかし、軽口の母親が、どこかからきいてきた噂だといって、大空くんのお母さんはお妾さんをしているそうだよ、といったことがある。

真偽は知らないし、詮索する気もない。乱世の最中で、母子家庭を維持していくのが容易ならぬ時期でもあったし、私の家庭や私自身の在りようも他人をあげつらうだけの体裁を備えていない。

けっしてその眼で眺めていたわけではないが、とるに足らぬ噂でも、一度そう耳にしてしまうと、大空くんの母親の化粧が、もう四十を越しているにしては濃いようにも思えた。それからまた、一時期を境にして、服装がぐっと華美になったようにも思えた。もともと色の白い人だったけれど、不似合いの紅い傘などさして歩いている。内実は一人息子の成長を楽しみに、無理な水商売でもやっていたのかもしれない。

私は心の隅で、大空くんのお母さんには、道で会ったときに愛想よくしなければならないと思っていた。他の近隣の人同様にではあるけれど、挨拶もしないのは彼女を咎めているように受けとられるかもしれない。私には誰であろうと他人を咎める意志はない。

ところが実際にはやはりうまくいかなかった。私も挨拶をするきっかけ造りが下手だったし、彼女も表情を変えない。のみならず、私を見かけて反対側の歩道に道を渡っていったりする。

お母さんには挨拶しなければと思っていたが、それと同じ理由で、大空くんにはなお声をかけにくくなった。そうして、この母子はつながって歩いていることが非常に多い。大空くんは二十歳近くなってもたいして育ちもせず、子供の頃とほぼ同じひよわな体型をしていた。だから若造りの母親と並んで歩いていると、以前の彼等をそのまま見ているような気がする。

学生にしては制服も着ていないし、昼間しょっちゅう母親のあとをくっついて歩いていて働きに出ている気配もない。かといって私のようにグレてもいない。大空くんはいったいどういう生き方をしているのだろうと思う。背丈や身体つきばかりでなく、肩を落してスタスタ歩く様子が子供のときのままで、いわゆる男になった感じがうすかった。そうして仲むつまじそうに歩いていたし、実際仲むつまじかったのだろうが、いつ見ても黙々と、特に大空くんはうつむきかげんに歩いていた。時としてそれは、化粧の濃い母親を、世間の眼から守るために、くっついて歩いているようにも見えた。

とにかく私たちは（ほとんど何の理由もないのに）もうそのとき、二度と親しい口をきく間柄にはなれないと思えたし、そこを押して彼に声をかけたりしたら、とたんに、例の半身の姿勢になって両手を前に突っ張ったりしそうだった。

その頃、私は大空くんよりも、年齢に逆行して厚化粧になっていくお母さんの方が印象的だった。親子ともども、やや異様であると同時に、なんだかとても女っぽく感じられる。（大空くんに関しても、彼は実は娘ではないかと思ったほどだ）そうして不謹慎であるが、たとえば赤線のようなところで彼のお母さんに遭遇して、抱く場面など空想したりした。

私自身も生家を飛び出したり舞い戻ったりしていて近隣の消息にうとかったが、いつのまにか彼等とも道で会わなくなった。おそらく転居したのであろう。

それから三十年ほどすぎた。

その間、私の夢とも現ともつかぬ幻影の中に、大空くんは子供の頃のまま、しょっちゅう出てくる。厚化粧のお母さんも、大空くんほど頻繁ではないが、やはり現われることがある。

昨年の初夏の頃、東北の某県から発した大空くんからの来信が、生家の方に届いていて私は眼をみはった。

今度帰郷して山の宿をやることになった、民宿同然のものだが鉱泉が湧くところなので、よろしく、そう簡単に記してある。

あの大空くんが突然にまた、と思ったが、なつかしさもあって簡単な返事を書いた。すると折返し、やや長い手紙が来た。以前もそうであったが、どちらかが一言でも、隔意のない声をかければ、すぐに近接してしまうような間柄だったのである。

その手紙によると、先に帰郷して雑貨店をやっていた母親が亡くなって、店をひきつぐ者がいない。塩などの専売物を売っていた関係でそのまま閉鎖しておくわけにもいかず、誰か店の後継者を定めるまでと思ってひとまず帰ってみたが、来てみると住めば都で東京に戻りたくなくなった。山の中で客がはたして来るかどうかもわからないが、とりあえず民宿風でもやってみる。誰か客でも紹介してください。云云。

それからしばらくして、小説家の先輩に誘われて秋田まで行く用事ができた。飛行機でなく汽車を使えば彼のところはほんの少し寄り道をすればよい。久しぶりに彼と会って昔話をするのもわるくないな、と思った。

その旨を伝えようとして長距離電話をかけると、留守番らしい人が出て、歯がわるくて県内の都市にある大学病院に入院しています、という。退院は三カ月くらい先になる予定だといった。

歯で三カ月も入院というのはいくらか変に思ったが、偶然、その頃街で出会った小学校の級友が消息通で、大空くんのこともいくらか知っていた。

「そうだ、奴は入院してるんだ。だがどうも、こいつはよくない感じがあるぞ」

「——歯だろう」

「歯だが、コバルトを当てているそうだ」

私はちょっと押し黙った。

「それに、奴さん、かわいそうなんだよ。故郷にひっこむ気になったが、妻子が従わない。とうとうかみさんと娘は東京に残って離婚してしまったらしい」

「まさか、それだけのことで」

「よくは知らんがね。女たちは、絶対に田舎はいやだといったそうだ。今の女は強いからなァ」

山の宿には寄ってもしようがないが、予定より早目に出て大学病院に見舞ってやろうと思っていた。そう思いながら仕事が予定どおりはかどらず、逆におくれて秋田まで駈けつける始末で、病院にも寄れなかった。

消息通の級友からの電話で、大空くんが病院で淋しがっているようだから、葉書か電話でもしてやってくれ、といわれたが、気にしていながら果たさぬうちに退院の時期が来て、多分もう退院しているのだろうと思っていた。

実際彼はすでに山の宿に戻っていたが、退院して一ヵ月もしないうちに、あっけなく死んでしまった。急性の心臓麻痺だそうだが、家族が居ないからくわしいことは東京の誰にもわからない。消息通の級友の話によると、大空くんは以前にアルコール中毒の前歴があるそうで、またヤケ酒でも呑んだのではないか、という。

いずれにしても、どういう一生だったか、肝心の盛りの時期を知らないが、子供の頃の熱い表情を私の念頭に残したまま、大空くんは一人野末で死んでしまった。

（「オール讀物」昭和五十八年三月号）

卵の実

一

小学校の二年か三年の頃だから、昭和十二年頃か、夏休みの一カ月あまりを、単身で、芦屋の叔母のところですごしたことがある。

ちょうど上京していた叔母に、

「タケちゃん、行くかい——」

といわれて、

「行くよ——」

と応じた。私の交した会話はそれだけだが、叔母の夫は小児科の医者で、そのときは大阪の大病院の院長になっており、彼の医者としての主張もあって、親戚の子供を折りあれば預かりたいといっていたらしい。

あの頃は、血縁というものが、よかれあしかれ、人々の暮し方の中に大きな位置を占めていたようだった。私の親は兄弟が多かったし、祖父が早く死んだせいもあって、兄弟間の往来が特に激しかったのかもしれないが、周囲を眺めても、住居のところでは小地域社会であり、別の角度からいえば血縁社会であって、職場での交際というものは、なにかまだ客座敷のように改まったものでしかなかった。

多分、私が子供だったからだろうが、そういう平安な雰囲気にどっぷり浸っていて、級友よりも、近所の子よりも、従兄弟たちとの間柄を第一等にしていた。だから、内弁慶で人見知りの烈しい私が、生家を遠く離れても、叔母の手にすがっているだけで安心していたのだろう。叔母の所は子供も多く、皆私より年上だったが、賑やかで、そのうえ誰にも甘えていればよかった。

タケちゃんはホームシックにあまりかからないようだね、と叔母にいわれた。

夏の芦屋は、私の印象ではまず第一に青葉の濃いところで、古い大きな樹木も多く、方々に竹藪があった。そうして舗装されていない泥道が碁盤の目のように四角く走り、ほとんどの家がよく手入れされた生垣に蔽われていた。

叔母の家は生垣でなく、木造だが洋風の造りで、以前ここで開業していたらしく、玄関の上がり框に小窓のついた板壁があったり、小さな部屋がたくさんあったりした。敷地は広かったが、中心部でないところは木組も古く、ペンキがはげていたりした。

リビングルームには叔父が造った日課表が張ってあり、私たち子供はその表に沿って行動する。これも叔父の主張で、うすい毛布一枚の上に木枕で寝た。木枕は頭が痛かったが合宿のように皆で並んで横になり、叔母に叱られるまでふざけ合って、それからどっと眠った。

朝五時に起床。私は叔母の一声で起きたが、起きない子は棒でコンコンと木枕を叩かれる。競争で洗顔し、シャツ一枚でまだ暗い外に出、猫の仔のように塊まって浜まで小走りに行く。中学生の長男のリードで、浜で体操をする。雲が白や灰の斑になっている。

帰途につく頃はすっかり明るくなり、さっきまで方々の生垣で鳴いていた夜蝉のシャーシャーという声が絶えている。

「もう鳴いてないね」

「ああ、蚯蚓《みみず》ね」

「蚯蚓なの、あれ」

「そうや」

「嘘ゥ――」

「ほな、何やね」

「蚯蚓は、土の中に居るんだろ」

「夜になると生垣に這い上ってきて、鳴くんや。タケちゃん、生垣におしっこしたらあかんで。おチンチンがはれるよ」

午睡の時間もよく眠った。苦手の牛乳も皆と一緒に辛うじて呑んだ。外でこんなに溶けこめるなんて自分でも意外だった。

ある晩、近くの火の見の半鐘が鳴った。火事だ、と子供たちはいったが、消防自動車の音はきこえず、ただ静かなばかりだった。その夜皆が寐《ね》入ってからも、なんだか怖くて、眼をつぶったまま時計の音などきいていた。閉じこめられているような気分で、せめて庭の方へでもいって蚯蚓の声でもきいていたかったが、それもできかねた。そのときちょっと、自分の家のことを思い出した。

そうやって一日一日がなめらかにすぎていって、夏休みの終り近いある日、神戸の叔母を訊ねた。これはわりにはっきり記憶している。

絵日傘をさした叔母と下の娘たちと一緒に、青葉の濃い道を阪急の駅まで歩いた。途中から川沿いの道になったように思う。そうしてその川沿いの高みのあたりに阪急の駅があって、長い階段を昇った気がする。

神戸の手前の小さな駅でおりた。この叔母は台湾での生活が長かったせいで、私は初対面だったが、縁なし眼鏡をかけた綺麗な人だった。でもどこかやはり私の父親に似ていた。叔父は胃がわるいのだといって、夕食の肉を噛んでは皿に吐きだしていた。

その夕食を喰べる前に綿引家を訪ねている。神戸の叔母もその訪問に参加した。皆、近しい間柄のところへ行くような気楽な表情だったが、私はどういう縁の人か知らなかった。

「ター坊を知ってるやろ。あの人の家やで」

叔母がただそれだけいった。私は神戸の叔母にも訊いた。

「親戚の人なの――？」

「そう、親戚のようなものね」

養鶏場だの養豚場だのがある一画を通り、畑道をうねうねと曲りながら歩いた。方々で普請をしていた。

綿引さんは金満家だという話だったが、家はそれほど大きくなかった。

色白の次男咲さんと、慶応大学のような円い帽子をかぶった三男昇ちゃんが居て、主に昇ちゃんが私たちのお守りをしてくれた。というのは芦屋の娘たちが昇ちゃんを離さなかったからだ。

昇ちゃんはまったく匂うような好男子で、毎日泳いでいるらしく、まっ黒に陽焼けしていた。

「今度、ター坊と一緒に、矢来《やらい》（私の生家）へも訪ねていくよ」

と白い歯を見せて私にもいった。

二

綿引家の長男ター坊ちゃんは、昇ちゃんとは別の四角くとがった学帽をかぶって、よく私の家へも遊びに来ていた。

東京に帰ってから父親に訪ねると、（父親の）姉の婚家先の一族だということだったが、父親は、

「なんだ、綿引の家へも行ったのか」

と怒ったような顔をした。

「あんなところへ行っちゃいかん」

もっとも私の父親は、誰彼なく罵倒するのが癖だったが。

しかしター坊ちゃんは、私の家に出入りする男としては珍しく放埒型で、無骨な父親の前でも、ぬけぬけと、呑む打つ買うの話をして顰蹙を買っていた。或いはわざと、父親を呆れ返らせて楽しんでいたのかもしれない。後年の私にも、堅気とみるとわざとグレた話をしてみせて楽しむところがあったから。

父親は、あれは不良だから、といって私を近寄らせまいとしていたが、彼は自分の家のように押し歩いて、子供部屋にも入って来、

「タケちゃん、銀座に連れてってやろうか、ええ？　一緒に行くかい」

ター坊、と父親がどなる。

「そこらで黴菌をふりまいちゃいかん」

「ですが叔父さん、なんでも早くから知っといた方がいいですよ。あとで大怪我しなくてすむし」

私の父親は何度も、今後一切出入り罷りならん、と宣告したが、ケロリとして翌日また来たり、酔って夜来て泊っていったりした。

やっぱりおそく来て泊ったター坊ちゃんが、朝食の膳の鼻先きでぐうぐう眠っていて、私の父親に布団をひっぺがされたことがある。

「こら、起きろ。ここは宿屋じゃないぞ」

ター坊ちゃんもさすがにさっと飛びおきて、眠そうな様子で洗顔してくると、

「いや、どうも、お早ようございます。さ、叔父さん、一緒にご飯でもいただきましょうか」

といった。それで私は不謹慎に笑って、父親にひどく殴られた。

ある日学校から帰ってくると、ター坊ちゃんと昇ちゃんが二人で来ていて、父親と話しこんでいた。ター坊ちゃんは四角い学帽をさしあげて、

「今度は眼がさめました。気をいれかえて、来年こそ卒業します。この学帽に誓ってもいいです」

「そんなものに誓ってもしようがない。お前、ぐずぐずしていると昇の方が早く卒業してしまうぞ」

昇ちゃんが笑っていった。

「大丈夫です。僕だってそうやすやすと進級はしません」

「昇はまだまだです――」とター坊ちゃんもいった。「箔という点で、まだ私にかないませ

ん。貫禄がたりないんです。それに叔父さん、卒業したってろくなことはありませんぜ。徴兵だ、出征だ、でつまらんですわ」

　二人は私を浅草に連れて行く、といった。私は頷いたが、

「馬鹿、行っちゃいかん」

　と父親にどやされた。

「そうですか――」と昇ちゃんがいった。「ではひとつ、叔父さんもご一緒にどうでしょう」

　似たような兄弟だな、と思って私は眺めていた。ター坊ちゃんも昇ちゃんも、カッカッと口を開いて似たような声で笑う。多分、父親が罵倒する分、二人もお返しの嘲笑をしているのだろう。陽気なのでそれがいや味にならない。ター坊ちゃんは不良青年だとしても、相当な格のところまで来ているな、と思う。

　その時分はまだ、出征兵士というものが珍しかった頃で、戦争気分もほとんどなかった。親戚たちの生活もいずれも順調だったし、その息子たちも、いわゆる良い学校に進学していた。私は表面は変らぬタケちゃんだったが、その実はもうその頃からグレはじめて、学校をサボったり、盛り場の空気を知ったりしていた。縁者たちの集まりではおとなしそうにふるまっていたが、実は綿引家の兄弟のように顰蹙を買う存在なのだ、と思っていた。

　もっとも彼等のように陽気にグレていたわけではなくて、私は学校になじめないまま、盛り場の一隅にむっつり坐っていただけだ。小学校の五六年生からお情けで入った中学でも、そんなことを続けていた。私は盛り場で自分からは知合いを作ろうとしなかったけれど、い

つもランドセルを背負って歩いている変な子だ、ということで、劇場《こや》の表方や裏方には知られているらしかった。

しかしもうその頃は戦争が本格化していて、モダンボーイが札びら切って軽薄に遊ぶような空気ではなかった。ター坊ちゃんも兵隊にとられていた。昇ちゃんとはばったり会うかと思ったが、一度も会っていない。

そのかわり、綿引兄弟を知っている劇場関係者はたくさん居て、彼等の浮名をきくのに不自由しなかった。私の想像以上に彼等は嬌名を売っていて、浅草のレビュー団では一番後発の吉本ショーでは、踊り子を撫で斬りにして遊んでいたらしい。

「あの頃が花だったねえ。劇場《こや》がハネると、ター坊の車で新橋よ。フロリダで踊って、呑んで、それから横浜。さんざん騒いで、翌日の十一時の開演すれすれに劇場《こや》に入るの。もう疲れちゃってさ。ろくすっぽ舞台なんか投げて、今夜は寝ようと思ってると、ター坊たちが来るのよ。それでつられちゃってさ、その晩も。あたいも若かったけど、ター坊たちはこっちが踊ってる頃、寝てるんだもンねえ」

私はその話を、砂糖ぬきの紅茶しかおいてない時期のミルクホールできいたのだった。

「千束の方によく行くお好み焼があってねえ。そこの小座敷の炬燵の陰で、お内儀さんの眼を盗んで、抱かれちゃうのよ。スリルがあったよ」

という娘《こ》も居た。

暁星子という中堅級の踊り子は、当時の昇ちゃんの女だったと自称していた。やっぱり甘くない紅茶をすすりながら、文芸部たち三四人と男の話に花を咲かせていて、昇ちゃんの話が出てきた。私もその喫茶店に居合せていた。

「すってきな男だったよ――」と彼女はいった。「あたいの男遍歴の中でも最高だったね。どうしてるだろ、あいつ」

「役者にしたって売れたなァ。でも坊ン坊ンだったからなァ」

「そういえば、すっかり噂をきかないなァ」

「兵隊じゃないのか」

「兵隊に行ったのは兄貴の方だろ」

「おとなしく嫁でも貰ったか、それとも、死んじゃったか」

「神戸じゃないのかねえ――」と私はいった。「実家は神戸ですよ」

彼女が私の方に顔を向けた。

「坊や知ってるの?」

「子供のときにね。遠縁だから」

「――似てないね」

「遠縁だもの」

彼女はしばらく口をつぐんで、火のないストーブに視線を落していた。

「――此奴、もう離すまいと思ってね」と彼女はいった。「昇ちゃんが喜ぶようなどんな女にでもなってやろうと思ってね。尽くしたのよ。子供もできたしねえ」

「どうしたィ、その子は――」

「おろしたんだろう」

彼女は芝居のセリフのように、ゆっくりといった。

「でも駄目だったよ。その前から脇に女が居て、帰ってこなくなっちゃったんだもン。フラーッと行っちゃったきりさ」

さもあろうと思う。ター坊ちゃんも、昇ちゃんも、金、男前、陽気、と三拍子揃っていて、受けないわけがなかった。戦争が本格化しなかったら、おそらくまだ延々と遊んでいただろう。いや、その頃だってまだ、どこかでこっそり遊んでいたのかもしれない。

軽い羨ましさと、でも一生遊び通すわけにもいかないだろう、という思いが私の中で交差していた。そうしてともかく私は自分流の不良の道を流れて行くより仕方がないと思っていた。

三

戦争が本格化する頃から、血縁社会というものが怪しくなってきて、遠くの親戚より近くの他人、という傾向になった。特に地域が離れている縁者は、お互いの祝儀不祝儀も欠礼するようになる。

戦争の間に、綿引家の次男咲さんが亡くなり、あれほど健康にうるさかった芦屋の叔父が亡くなった。胃のわるかった神戸の叔父も後を追った。芦屋の家は不幸続きで、軍医になっていた長男が南方で戦死し、次男はまだ医者の資格がとれておらず、叔母は結局、芦屋の家をたたんで、妹夫婦の疎開先に合流した。子供のない神戸の叔母もこれに続く。

ところがその地で、芦屋の長女、次女が、原因のよくわからない難病に次々とかかり、病院生活。その療養費のために次男は医者の道を一時あきらめ、東京に出てすぐ金になる職につこうとする。叔母も、看病と自活とが重なって髪がまっ白になったという。

このあたりの経緯は、風の噂で伝わってくる程度で、お互い往来ができないから何の力にもなれない。その間に東京も焼け、敗戦になり、誰しも自分のことだけで手一杯の有様だった。

綿引家では、ター坊ちゃんも戦病死している。

変貌は私どもの縁者に限ったことではないが、つい七八年前に私が訪れたときの平安な日々を思うと、感慨が湧かざるをえない。

だから芦屋での記憶がわりにうすれないのであろう。はじめて外に出て、自分の家では気づかない平安さを知った。そうしてそれから以後、あんなふうな平安にはなかなか至らない。私の場合、縁者どころか親兄弟とも散り散りになって一人で浮きつ沈みつしているようなものだった。一面からいえば一人で勝手なことをしていたのであり、別のいいかたをすれば、それしかできなくて、それさえも運がいいということになるのだった。

四

戦争が終って三十年くらいした頃だが、ある夜、なんとか先生ご在宅ですか、という電話がかかってきた。

ええ、まァ、私ですが、というと、ひとつ間をおいて、「――タケちゃん？　タケちゃんなの」

この呼称を使うのは、ごく親しい二三の友人以外は、血縁ということになる。声のかすれ具合が初老の男だが、誰だかわからない。

「なつかしいねえ。いつか新聞見ましたよ。ええと、何賞かな。アハハ、本当はねえ、あたしがねえ、昔、あれ狙ってたんだ、エヘヘ、さがっちゃ怖いよ、芝居の幽霊、だね。――おいそがしいでしょ」

「ええ。しかし、どなたでしょう」

相手はいきなり騒々しく笑った。そうしてこういった。

「わかってるくせに」

「――いやァ、わからないな」

「わからなくていいよゥ。どうせ名もなき男ですよ。今ね、福島から出てきたの。大阪へ行くつもりでね。で、今、すぐそばに居るんだ。ちょっと寄っていい？　いや、もう長いことないから一度タケちゃんの顔をね、拝んでおこうと思って――」

福島の方には血縁は居ない。戦後、私たちの代になってから、お互い足を遠のかせているとはいっても、親戚のおおよその住所ぐらいは知っている。

待つほどもなく、白髪頭の初老の男が訪れてきた。一人ではなくて女連れだ。

男は満面に笑みをたたえて私を見て、

「ちっとも変らないよ、タケちゃん」

「嘘でしょう。昔はこんなにハゲデブじゃなかった」

「そうだ、昔はね、子供だもの。いいえさ、眼が変らない。ちゃんと二つある」

「――まだわからないね。どなたですか」

「名乗るほどの者じゃないったら」

「親戚、ですね。すると従兄かな」

「従兄じゃない。親戚といえば、親戚ね。――綿引の昇ですよ」

私は内心で声をあげた。しかし、そういわれても、若々しい昇ちゃんと、眼の前の色艶のわるい、くたびれはてたような男が一つにならない。昇ちゃんはもっとスラリとしていた、昇ちゃんはもっと細かった、と視線でなめまわすようにして、やっぱりどうも納得がいかない。

「昇ちゃんだったら、僕は昔、あこがれてたんだ」

「変ったでしょう、病気もしたし、アルコールでね、ぶよぶよになっちゃって」

「で、こちら、奥さん？」

「いや、とんでもない——」と彼は大仰に手を振った。「居ないよりはましだ、てなもんでね」

　私は仕方なく、女に笑いかけた。

「昇ちゃんは昔から、所帯なんか持とうとしなかったらしいものね。いつも女に追っかけられて」

「アラ、この人、昔はもてたんですか」

　と女がいった。

「有名でしたよ。ぼくは浅草でずいぶん昇ちゃんの噂をきかされた」

「面目ない。もうとてもね、知合いの前に出られたざまじゃないんですがね。タケちゃんの別名があるでしょ。何かで読んだら、やっぱり不良上りだってから、おどろいちゃってね。一度会いたいと思って」

「後輩ですよ」

「偉いねえ。よくあの怖い叔父さんのところから不良になれたねえ」

「といっても戦争だったからね。なんにも面白い目は見ないの。ただ劣等生のさぼり屋だっただけ」

「いいんですよ、深入りしたってしょうがないよ」

「ター坊ちゃんは戦死だっけなァ。ご両親はお元気？」

「もう誰も居ない。なんにも、影も形もない。蟻ときりぎりす、って話知ってる？　あたしはきりぎりすでね、あの話は今になってこたえるね」

「ぼくだって、蟻じゃありませんよ」

女房が酒の支度をした。私は昇ちゃんに注ぎかけた。

「あッ、お酒は駄目」

「どうして——？」

「痔でね。大阪に行くのはそのためもあるんですよ。ちょっと昔知ってた医者が居るもんだから」

「痔ぐらい、酒で殺しちゃいなさい」

「あのね、じゃ、この女に一杯やってください。こうしましょう。なんにも手土産も持ってこなかったからね。この女を芸者にして、この部屋で芸者遊びをしましょう。奥さんもいらっしゃい。この女は芸者だから、いろんな芸をやりますよ。しがない温泉芸者だけどね。それであたしゃ、温泉旅館の番頭してたの。面目ないがね」

私はいかにも昇ちゃんらしい思いつきだと思ってきいていた。

「おい、なにか踊れよ」

するとと女がまた、

「そうだね、お話ばっかりしてるよりいいわね」

気軽に立ちあがって、口三味線で、春雨を踊りはじめた。

「ようよう、よう、うまい」

昇ちゃんは拍手をしたが、私も女房も乗りそこねた感じで、顔だけで笑っていた。

それを察知して昇ちゃんはすかさず、

「此方てえものはね、静かにお呑みになる方だ。お前、騒いじゃいけませんよ。どうもうるさくていけない」

「一杯やりませんか」

というと、女は盃でなくコップを出した。

「浴びる方なんで、ごめんなさい」

昇ちゃんが小用に立ったすきに、

「あたしたち、何でもないんですよ――」と女はいった。「あたしも関西に住みかえようと思ったし、あの人も大阪に行くってからくっついてきただけなの」

それでも気がいいらしく、彼女はあちこち立ち廻って酌をしたり、汚れた皿を洗いに立ったりした。

「それで昇ちゃん、大阪に行って、おちつくところはあるの」

「病院――」

といって昔のようにカッカッと笑った。

「その先は――？」

「何だってありますよ。生きてくだけならね。ここまで落ちりゃァね、いっそ楽なんですよ」

「でも、いいや。あれだけ底抜けに遊んだんだから」

「それはター坊の話ね。あたしゃ戦争を生き延びちまったもんだから、ター坊の苦まで背負いこんじゃった」

「そうだねえ、時間てのがおそろしいねえ。一生は短いようで長いから」

「タケちゃんなんか、もう安心だ。レールが敷けたんだから」

「まだ海とも山ともつかないんですよ。それこそ、板子一枚下は地獄」

「もう不良なんかやってないでしょう、奥さん」

「いいえ、似たようなものなんじゃないんですか」

「浅草も銀座も変りましたよ。行ってみましたか」

昇ちゃんは首を横に振った。私は、子供を妊った暁星子のことを話そうかと思ったがやめた。彼女ももうとっくに舞台を退いている。

昇ちゃんは私の前に両手を突いて、その夜ひと晩だけ泊めてくれ、といった。

「そのかわり、無心はしません。こう見えても、歯ァくいしばっていることだってあるんです」

女房は、部屋がないせいもあって、二人の夜具をリビングに一緒に敷いた。

以前のター坊ちゃんとちがって、二人とも朝、きちんと起きていた。

女房が朝食の膳を作っていると、

「あたしなら、なんにもいりません。奥さん、仕度しないでください。——で、それでね、すみませんが、生卵を一個だけ、頂戴できませんか」

昇ちゃんはその卵をカチッと割ると、容器に落し、醬油をチラッとたらすと、そのままかきまわしもせずに、ツーッと呑んだ。

私は突然、あまり念頭になかった綿引の父親を思い出した。酒焼けのした大柄な人だったが、酒だけで、あまり食事をとらず、私の家に来ても、どの皿にも手をつけない。そのかわり、生卵を一個、ツーッと音立てて、うまそうに呑む人だった。

「うまそうだな。ぼくもやってみようかな」

私も卵をカチッと割った。何十年も前の我が家の平安な食卓の気分を思い出す。ひょっとしたら、卵をツーッとすする瞬間が、昇ちゃんにとっても束の間の平安だったかもしれない。

私が呑みほすと、昇ちゃんは、喉にへばりついた卵のぬらぬらを吹くように、カフッと音をさせ、それから笑った。

「お父上も、好きだったでしょう」

「ああ、知ってましたか」

「ええ、家にみえても、必ずね」

「親父があたしに残したのは、この癖だけですよ」

私たちは二人を国電の駅まで送っていった。


それからしばらくして、昇ちゃんから長い手紙が来た。病院のことや大阪で接した誰彼のことがこまかく記してあり、痔の手術のあとが思わしくないということだった。そうして、面目ないが、なんとしてもいうまいと思ったが、病院からも追い立てを喰っている。不良少年のタケちゃんにすがって、生涯に一度の頼みだ。至急、二十万円送ってくれ、と記してあった。

読みながら、こまごまとした長い書きようといい、書き渋りながらえいやッと書いた感じといい、大筋のところは嘘ではあるまいと思った。痔だって、いろいろな痔があって、生命にかかわる場合もあろう。

私は四五日、心を決しかねて懊悩した。きりぎりすの虫のいい頼みではあるが、私だってきりぎりすの一種で、ただ運に恵まれて生き延びているだけだ。私はこの依頼をことわる資格に欠けるような気がする。

正直、その頃の二十万は、私にとって小さな金ではなかった。それからまた、以後の彼とにできるだろう接触がわずらわしい気もした。

結局、その手紙を黙殺した。それでいながら、昇ちゃんのことが気になって、ずっと胸につかえていた。送金しなかった理由は、一つだけあるが、それさえもえらそうに口外できるものではなかった。

そのかわり、と私は思った。そのときになって悲鳴をあげるかもしれないし、我慢できかねることかもしれないが、できるかぎり、私も、自分の始末は自分でつけよう――。

（「オール讀物」昭和六十一年十一月号）

新宿その闇

新宿その闇

一

新宿の中心が角筈《つのはず》あたりで、武蔵野館の裏から駅前にかけて、和田組や野原組の屋台風呑み屋街《マーケット》が栄えていた頃だから、もう三十年の余も前のことだ。

中央通りを走っていた都電が一本右の靖国通りに移り、尾津組傘下の露店商たちも取払いで三光町の角のビルにかたまって入ってデパート風になった。その向こうの今セクシーゾーンになっている歌舞伎町は、町名すらまだ無くて、ただの大久保一丁目だったと思う。映画館や飲食店、名曲喫茶などのひと塊りの奥は、新宿で働く女たちの塒や小さな連込み旅館などが蝟集した迷路のようなところだった。

　私はその頃、辛うじて常習博打の足は洗っていたが、まだ不良少年の体質を濃く残しており、盛り場を歩くとキャバレーのボーイや、寿司屋の職人や、辻々に屯している正体不明の街の男たちの中に、街のそこここで知り合った顔をしばしば見出して笑顔を作らねばならなかった。

　ある時期に、ややおそまきながら世間並みの生き方に転向しようと思いたって、新聞の三行広告で得た職場を転々とした。学歴職歴なしで処罰ばかり多い身だから、むろん人足集めのようなところばかりだ。もっとも給料の希望なしといえば大概のところが受けいれてくれる。悪相の経営者と、小ずるいが結局は気のいい社員たちとがお互いに出し抜こうとしており、はじめは辛抱する気だったが、さすがに一生そこに身を埋める気にならず、しかしどこも似たようなものである筈で、これは頻繁に転々としていくほかはないと思った。そのうち方々の募集に応じることが面白くなった。ここいらが堅気とちがうところなのだろう。三行広告を見て片端から履歴書を送り、受けいれてくれるところにどこにでも入社してしまう。三社も四社もかけもちで出社していることがある。そのため比較的時間のルーズな業界誌記者に職種をしぼった。どこも二ヶ月と居ない。次から次へと入社するから、退社をする手間が煩雑で無断で行かなくなるところも多い。わずかな給料でも三つも四つも重なるときもあり、いずれも半端になってどこからも給料を貰えない月もある。けれども当人は就職ゲームで遊んでいる気で、なに、銭に困ったら経営者を博打にひっぱりこんで叩けばよいと思っていた。

　けれども、やっぱり、世の常のことをしていない不安と、いつまでふざけても居られまいという興ざめな思いが交差しても居た。たまに新宿など同僚と歩くと、業界誌のどの社でかで先輩だった人がサンドイッチマンをやっていたりして、私と視線が合って、うへッと笑ったりする。こちらも笑顔で手をあげたりするが、私の方がはずかしい。ただ浮草のように流れ漂っている自分をいやでも自覚して、やりきれなくなった。

二

　そのうち、Ｑという小出版社に入った。これは三行広告ではない。転々としているうちに知り合った春木という先輩がそこに移っており、なぜか私に執着してそこに呼んでくれたのだった。

　粗製濫造のマイナー娯楽誌だったが、Ｑ社はともかく書店売りの雑誌を造っていた。印刷屋が母体で、ヤレ紙を使って造る。紙が無賃のうえ、工場の手空《す》きを埋めることもできるから、たいして売れなくとも印刷屋としてはメリットになる。ところが、ヤレ紙がなお余ったのかどうか、もう一冊、いくらか見映えのする雑誌を創刊することになり、それで社員も増やしたというわけだった。

　その雑誌は売れなかった。ヤレ紙の事情がなければすぐに廃刊というところだったろう。

老編集長は印刷屋の幹部と打合せして、あまり金を喰わない新企画をあれこれ発表した。その一つが、懸賞小説だった。

審査は編集部でするし、入選作がなければ賞金も出さなくてすむ。名前だけは新風文芸賞と恰好いいが、みるからにみすぼらしい雑誌だから、まともな者が応募してくるはずはない。それでも釣られて雑誌を買う者がいくらかいるだろうという思惑だ。

春木がその担当になった。彼は以前、一般に名を知られた雑誌の編集部に居たこともあり、離合集散の烈しい出版界の狭間に落ちて業界誌にいっとき籍をおいていた男で、好人物だったが、みみっちい雑誌造りに慣れておらず、金をかけなければ雑誌は売れないと絶えず主張して、老編集長にやや疎まれていた。

懸賞小説も、彼はなんとか有為の新人をみつけようとし、以前の顔を利かして、職業作家の二軍級を説き廻って出品させたりしていた。

けれども最後に残った二本は、いずれもセミプロの作品ではなく、素人のブロークンな作品だった。一本は、刑務所を出たばかりで、その中の体験を書いたもの。当時刑務所で皆が作ったという小指の先ほどの草履や盃が原稿の中に入っていた。もう一本は、農村の男女習俗を饒舌体で記したものだった。

老編集長とその二号の女編集者は刑務所が良いといい、あとの三人は農村が良いといった。

「考えてもみろよ。受刑者が作家というのは珍しい。話題になるよ」

「――でも」と春木がいった。「最初から受刑者というのはどうですかねえ。新風文芸賞の輝かしい歴史のためにも」

「何をつまらんことをいう。先のことじゃない。今日をしのいでいくのが第一」

「それに、刑務所体験以外に何が書けるかといったら怪しいもんですよ。もう一本の方が書き手としての一般性があります」

「何本も書けなくていいんだ。小説じゃない、実話でいいんだから。——こうしよう。これを佳作にして、原稿料払いで誌上にのせよう。そんな程度のものだろう」

その案で定まりかかって、崩れた。報せで社に現われた作家がべろべろに酔っており、しかも酒乱らしく、経理の女事務員にけしからぬ振舞をしかけ、酒を呑まない老編集長が怒ってつまみだした。それで農村物の方に急遽変更になった。

新風文芸賞第一回受賞者として、作者の大宮幻が編集部に現われた。新風と銘打ったわりには風采のあがらぬ三十男で、背中をまるめ、抜け上りはじめた髪の毛を気にして常に頭に手を当てているような男だった。

型どおり授賞式がおこなわれたあと、机を寄せてビールや肴の皿をおき、皆で乾盃した。

印象的だったのは、彼の長い謝辞だった。

「本日は、受賞させていただき、そのうえ皆さまから祝福していただきまして、こんな嬉しいことはありません。夢のようであります。と申しますのは、自分は、小説など生まれてはじめて書いたのでありまして、教育も何もない自分などが、まさかこんなことになるとは思っておりませんでした。百パーセント好運であります。自分にも好運があるなんて、まだ信じられません。

自分は二十二の時、兵隊で中国に行き、北支、中支、北支と転戦し、撫江鎮という村に駐屯したまま敗戦を迎えました。全体で六年、撫江鎮だけでも三年半居りました。あるときから補給が絶え、兵隊の補充も利かず、自分は上等兵になり伍長になりましたが、後が居ないのでいつまでたっても初年兵と同じことでした。六年間、上官の奴隷で居るうちに、自分の一生はこういうふうなものなんだなと思うようになりました。

それから八路軍。

他人よりおくれて復員して、さァ何か、自分の生き方を造ろう、そう思っても、なんにもありません。出おくれてるし、才覚もないから、仕方ないです。

小説なんか書いたのは、することがなかったからです。職安に履歴書を出すようなつもりでポストへ投げこんだんです」

彼はしばらく無言で、怒ったような表情をしていた。それから、う、うっ、と泣いた。

「――ずいぶん長い時間でした。自分にも運があるなんて思えなかったときは、何に対しても、手も足も出ませんでした。運に助けて貰えるなら、自分にだって何かできます。ご期待に背かないつもりです。

今日は嬉しいです。ありがとうございました――」

儀礼ではない拍手がおこった。皆、こんなインチキな企画が、大きく烈しく彼を揺さぶったことにびっくりしていた。

「ほうら見ろ――」と春木が後でいった。

「編集長がどう考えようと、受賞者はああいうふうに受けとるよ。彼をまた落胆させないように、俺たちが面倒見る責任があるな」

大宮幻はそれから第一作と似たような農村艶笑譚を二つ三つ書いて持ちこんできた。いずれもさほど手をいれなくても使えた。他にも書いて持ち廻っているらしく、同じようなマイナー誌にも登場しはじめた。存外に研究熱心な男らしく、山手樹一郎式の時代物や、活劇小説なども書くようになった。

稿料は安いし、メジャーの雑誌は相手にしないし、要するに三文文士であるが、書いている限り喰うことはできる。野心さえ持たなければ、小さな世界で流行作家に近い気分を味わうこともできる。

それから小一年して、彼はガスの設備もない焼け残りアパートから、小綺麗な二DKのアパートに越した。玄関に面した方が書斎兼応接間で、三点セットと小さな机がおかれ、私たちはカメラマンを連れてグラビヤの写真を撮りに行った。大宮と糟糠の妻がソファーにかけて微笑し合い、三人の小さな子たちが杭のようにその間に立っている。本誌出身の新鋭作家、と題して新年号に載った。

春木はその頃、もう少し格上の雑誌に移籍して居り、私が珍しく腰をおちつけているのを不思議そうに眺めていた。その気があるなら移籍に手を貸すといった。当時の小出版編集者は、出版社自体の興亡が烈しいせいもあって、どんどん移籍していく例がすくなくなかった。

私がＱ社にしばらくおちついていたのは、老編集長が存外に眼をかけてくれて、ときどき行方不明になったりする私の気質を呑みこんだ使い方をしてくれたのと、なんといっても仕事が楽で、大宮と同じく野心さえ持たねば、平安な日々だったからだ。この状態がずっと続くのなら、こういう一生もわるくないと思うときもあった。

三

当時、十日と二十五日が稿料の支払日で、Ｑ社は安使いするが支払日をきちんと守っていた。で、その日は寄稿家が集まる。経理で小切手を貰って、三々伍々近くの銀行に行き現金にかえる。

春木も匿名でアルバイト原稿を書いていたし、私も春木の名を使ってこっそり埋草を書いていた。だからその日は、春木を経由していくらかの小遣いが入るのである。

大宮と春木と三人で、暗くなるまで焼酎を呑み、それから新宿にくりだした。春木の知合いの店に一軒寄ったと思う。そうしてだいぶ気勢があがって雑踏の中を歩いた。

前を歩いていた女に大宮が声をかけた。遊ばないか、というようなことをいったのだと思う。

彼女も我々も立ちどまり、路上に円陣を作ったが、結局、大宮のいう遊びの意味が、お酒

でも呑もうよ、ということだとわかると、

「じゃァ、あたしの働いてるお店で呑まない」

「いいよ、おい、行こう、行こう」

私ばかりでなく春木も、キャッチガールにぼられることを考えて逡巡した。しかし先頭に立った大宮がすぐ引き返してきて手招きする。

「どんな店だい」

「屋台だよ、大丈夫」

高野の横の野原組のマーケットの中の一軒だった。店主らしい老婆がおでんの鍋をかきまわしており、女はただの傭人らしかったが色白で小柄だった。

大宮はしばらく、この前はA社の仕事でどこそこの旅館に缶詰になった、とか、毎日五、六十枚は書き飛ばさなくちゃならんのだから辛いよ、とかいっていた。私たちもさりげなく、彼のことを先生と呼んだ。彼の懐中が一番豊かだったから。

その効果があって、大宮が正客の感じとなり、女も彼の隣りに坐って呑んだ。

彼女が梨を剝いて小皿に出してくれた。

「いいな、ここは――」

「ああ、いい」

「呑み屋で梨なんか出てこないよ。ここは落ちつける」

春木は呑み出すと梯子の方で、河岸を変えたがって居るようだったが、大宮の戦争体験をくどくどときかされていた。

　女がいった。

「ねえ、ねえ、ちょっと。あたしの兄貴も河合部隊よ」

「お前の兄貴がか」

　大宮は向き直ってまじめな顔になった。

「自分は、河合部隊多田中隊吉井少隊畑分隊鎌原隊だ」

「そんなくわしくは知らない。でも河合部隊よ」

「名前は――」

「藤巻鶴吉――」

　大宮は無言だった。

「知ってるの」

「いや。何千人も居るし、駐屯地だって一ヶ所じゃないからな。でも、いつかその兄貴と会って話をしたい」

「死んじゃったわよ。北支で。ずっと前に」

　大宮はと胸を突かれたようにしばらく黙っていたが、いきなり両手で女を抱きしめて、

「幸せになれよ、お前――!」

　と叫んだ。

「そうか、そうか、自分よりも運がわるい奴が居たのに、うっかりしていたよ。死んじゃっ

たか、かわいそうに――」

それから涙声になって、よくききとれないことをしゃべり続けた。それをしおに春木も私も立ちあがり、

「先生、だいぶ酔ったね、少し風に吹かれて歩いてみようか」

と促したが、大宮は身体を揺すって、まだ呑む、といってきかなかった。

「それじゃァここは頼むよ。俺たちはひと足先に失敬するから」

その頃、貸本屋が増えて、そういう店におく読み捨て用の肩のこらない単行本の需要が増え、若手やオールドタイマーの作家が競ってやった。印税でなく原稿買取りで、月に四、五冊ずつも生産する者も居た。時間をかけていられないから、あッ、といっては改行し、簡単な会話ですぐ改行してしまう。ページの下半分がほとんど白くあいているのが多い。

大宮もすぐにそういうコツを呑みこんで、雑誌の小説以外に月に二冊くらい書いていた。筋書はパターンに沿って作るとしても、字を書くだけだって大変である。合間の酒と不摂生で、彼の顔がどすぐろくなっていた。

「そんなに働いて、どうするの」

「少しはましな家も買いたいしな。ここじゃ子供のピアノもおくところがない」

大宮の原稿が締切におくれるようになり、ときにはぎりぎりまで待たされたあげく、すっぽかしを喰うところもでてきた。

私が催促に行ったときも、

「ねェ頼むからさ、旅館をとっておくれよ。家じゃ書けないよ、子供はやかましいし、女房はヒステリーだし」

その旨を編集長に伝えると、

「生意気ぬかすな」

と一喝された。

「ホームグラウンドの我社《うち》をおろそかにするようじゃ駄目だ。あいつはもう使うな」

ほどなく大宮が女を作っている、という噂が伝わってきた。哀しい表現をすれば、彼は世間的に無名なのにもかかわらず、ひと廻り小さい形でそれまでの破滅型の流行作家たちと同じ轍を踏んでるのだった。

「こんな世界で討死するんじゃ、アホらしいわね」

とか、

「そこまでの器量なんだろうから、しょうがないさ」

とか、

「やり方が拙いよ。もう少しうまくしのげそうなものだがね」

とかいわれていた。

要するに女にのめりこんで、家に帰ったり帰らなかったり、火宅のような状況をみずから作り出してしまったらしい。

四

二十五日の支払日に、社の近くの喫茶店で寄稿家たちとガヤガヤやっていると、電話で呼ばれ、女の声で、大宮ですが近くのBという喫茶店に居るのでちょっと来てほしい、といわれた。

大宮は女と並んで、奥の卓にかくれるように坐っており、私が近寄ると、女と握り合っていた手を離した気配だった。

「お宅の社を失敗《しくじ》ったんで、ショックだったよ。ねえ、編集長にうまくとりなしてくださいよ」

「それは根が浅いことだから大丈夫でしょう。でもその前に、大宮さんが来てヨイショを一つやって、それでコロリじゃないかな」

「近いうちにね、必ず。で、それでね、すまないが持合せを少し貸してくれませんか。仕事できっと返すから」

給料の他にアルバイト料も入ることを見透かされていて、いやとはいえない。

「いやァ、自分は着のみ着のまま飛び出しているんでね。どうにもならん」

私は大宮より女の方を見ていた。いつかの新宿の女だった。大宮の女の噂をきいてからも、私は一度も彼女を連想しなかった。それほど、中年男がはまるには映えない女だった。

「しかし、家の方はどうなってるんです」

「わからない。なるようになるさ」

「自分がどうにもならないで、奥さんたちがなるようになるってのは、変だな」

大宮は急に威丈高になった。

「君は、意見する気か」

「意見じゃないよ。僕はそんな柄じゃない。でも、もう少しうまくやりなさいよ」

「遊びじゃないんだ――」

私は女にいった。

「君は、どうなの」

彼女は表情を動かさなかった。そのくせ、彼の煙草に火をつけたり、コーヒーに砂糖をいれたり、まめまめしい。

「あたしはこの人次第。この人が、お前なんか嫌だっていえば、考えるけど――」

のろのろと、そういった。

後刻現われた春木にその一件を告げると、

「そいつはまずい。俺たち二人も関与してることになるな」

といい、

「しかし、なんだろ、そう長くは続かずに、大宮さんも戻るんじゃないのか。妻子の方へ。いくら遊びなれてなくたって、行きずりの女のために、妻《さい》はともかく子まで捨てないだろう」

「でも、すくなくとも遊び好きではあるね。懐中に金があれば、いつまでも遊んでいたいという型《タイプ》だ」

「それは誰だってそうさ」

「ああ、そうか。俺だってそうだっけ」

「ちょっとアツくなってるだけだろう。どこかで戻るよ。むしろ脇が意見したりすると、ますますこじれるんだ」

支払日というと、大宮の妻が血相変えて出版社に現われて、原稿料をとりたてていくようになった。大宮はそれを知ると怒る。妻子の方に渡すなという。妻は雑誌を眺めているらしく、朝の内にキチンと現われる。

大宮程度の作家にどこの出版社も前払いはしない。だから書きなぐっているようでも、大宮の懐中にはめったに稿料が入らない。

女が新宿でまた働きに出て、逆に大宮を養っているという噂が流れた。三流雑誌の世界では世話を焼かせる書き手は居ないから、面倒がって依頼が減る。一時と逆に、大宮が原稿を持ちこんで、哀願して載せて貰うという状態になった。

大宮は各社用にたくさん作ったらしい三文判を私に手渡して、

「支払日に君が判を押して、稿料を預かっといてくれよ」

「まだケリがつかないのかい。この先どうする気?」

「女房もしぶといんだ。あきらめがわるい」

「あんたがなんにも手を打たないからでしょう」

「あいつ等、まだ親もとがあるんだから」

「甘いよ、考えが」

「だって、向こうのいう慰謝料の額がすごいんだぜ」

「しょうがないだろう。月賦にでもして貰うなり、借金するなりして――」

「嫌だよ。自分だってずっと耐えてきたんだ。恥をいえば、子供も前の二人は誰の子かわからない」


春木が一度、留守宅に行って妻と会ったらしいが、何の効果もない。大宮は依然として目算もなしに女を連れて安宿を泊り歩いているらしかったが、こちらから連絡をとることができず、各社の担当のうち少数のシンパをのぞいて、いずれも没交渉になりかかっていた。

私はその頃、春木の道を私も歩いてみようかと思いたっていた。三文小説なら見よう見真似で私にもできるかもしれない。春木の道も浮草のようなものだと思い知っていたが、どうせQ社にも一生を託すわけにはいかないし、小出版社を転々としたって道が開けるわけもない。それならフリーの方がまだいくらか身動きの余地がありそうに思えた。

私は顔見知りの他社の編集者にとりいって、少しずつ原稿を売りはじめた。そうやっていくらか地盤を作ってから、Q社をやめるつもりだった。春木はその頃、芸能誌に移っており、これもひそかに匿名で写真を売りはじめていた。

もっとも周囲を見渡して、三流ライターで生涯をしのぎ切った例は稀だったし、あってもけっして愉快そうではなかった。当時のライターは禄を離れた編集者が多く、ほとんどが気持としては臨時の職場のつもりで居るのだった。

大宮が、村山貯水池のあたりで、深夜、女と一緒にトラックにはねられ、重傷を負ったというニュースが入った。なぜそんなところに居たのか不明だが、寒くない季節だったから、或いは野宿していたのかもしれない。とりあえず、春木と一緒に救急病院に行った。二人は別々の大部屋に入れられ、いずれも面会禁止で白いカーテンがおりていた。大宮は顔面と肋骨など数ヶ所の傷で全治二ヶ月、女はさらに重傷で腰椎まで折っておりすくなくとも半年はかかるという。

生命をとりとめたのが奇蹟的で、それはいいが、トラックは走り去ったまま、場所が場所だけに目撃者も居ないという。二人は保険類もないし、住所もいわない。ただ二、三の出版社の名をいうだけだったらしい。

春木が大宮の妻のところへ電話して、事故のことを知らせた。

「此方《こっち》には関係ございません――」と妻がいったという。「そんなことより、生活費を送れとおっしゃってください」

死んじまえばケリがついたのになァ、と春木がいった。どっちか一人でもいいからなァ。

編集者たちで集まって善後策を講じたりしたが、どの社も弱小企業で、積極的な助力ができない。編集者たちにできる細工は、大宮幻の旧作を、新作めかして掲載して、原稿料を切るということだったが、雑誌に出れば妻がみつけて強引に稿料をとりにきてしまう。

五

天罰だ、という声が知己の間で強かった。そうにはちがいないが、不運も重なっていて、似たようなことをしていても、うまく切り抜ける例も世間にはある。

「女がいけない――」と春木がいった。

「あれは疫病神だ。ほら、いつか新宿で大宮さんがいってただろう。俺より不運な奴が居たって。それの妹だからな。せっかく芽生えかけた彼の運を、女がついておじゃんにしてしまったよ」

しかし大宮もしぶといといえばしぶとくて、私がQ社をやめて細々と売文稼業に入りだした頃、病院を出て旧知の出版社を廻り、原稿を書きはじめたという。歯が左半分折れてなくなっており、痩せて、威勢がよかった頃の面影はなかったらしい。それでも方々で復活を誓い、彼自身もそのつもりだったらしく、近郊に小さなアパートを借りて、女が退院してくるのを待つ態勢だった。

不幸中の幸いは、警察の力で、はねたトラックがわかり、その会社が入院費用だけは負担したことだろうか。もっともそれはだいぶ後の話で、それまでは病院のケースワーカーも困惑したらしく、結局本妻の方にも入院費用捻出のことでうるさくいってくる。本妻も、これ以上かかわってもトクなことはひとつもないと見て、しぶしぶ離婚に同意した。彼女は病院にはじめてやって来、自分でサインした離婚届を、大宮の顔に叩きつけて去ったという。

離婚が成立しても、稿料を元の妻子に奪われることを恐れて、彼は二度と大宮幻のペンネームを使わなかった。姓名判断でこれにしたとかいって、船木なんとかと名乗っていたが、以前の馬力は出なかったらしい。それに編集者のあつかいも、落伍者を救済するような趣きになっていて、彼の気持を昂揚させない。

新宿で若い編集者を饗応しようとして以前足を運んだ酒場に行くと、他の客の目前で、

「どうしたのよ大宮さん、しっかりしなくちゃ駄目じゃないの」

とママに身構えるようにいわれ、

「お酒なんか呑んだってしょうがないから、お茶でも呑んでお帰りなさい」

そういわれても、口ごもるばかりでほとんど言葉を返せなかったという。見かねた編集者が別の店に行き、そこで悪酔いした大宮をひきずるようにして自分の巣に寝せた。翌朝その編集者から小銭を借りて、老人のように背中を丸めて帰っていったという。

春木のところへも、弁護士を紹介してくれ、といって訪ねてきた。トラック会社の慰謝料の件が難航しており、大宮はときどき急に癇をたててその会社に出かけ、暴れたりするものだからかえってなめられてしまったらしい。その慰謝料を当てにして、病院の患者仲間からも借金をしていた。

女が退院してきて彼のアパートに加わった。すぐに入籍し、新世帯のはずみがつくかに見

えたが、稿料を受けとると乱酔して帰るようになった。彼女にも後遺症が残っていたと思うが、女の方が強く、新宿のキャバレーに働きに出、彼女の収入に頼るようになったらしく、いつのまにか雑誌にその名を見かけなくなった。

皆の口の端に昇らぬままに、忘れるともなく忘れていた頃、春木からの連絡で、大宮の死を知った。彼の故郷に戻った折りの急死だという。

「俺もよく事情がわからないんだがね、ここんところ、折り合いがわるくて一緒に居なかったらしいな」

「それで故郷か」

「うん。今、彼女が遺体を引き取りに行って、東京に戻ってくる途中なんだ」

「葬式はこっちでやるんだね」

「そうらしい。しかし、急死って何だろうな。此方からきくわけにもいくまいが」

俺は無関係なんだけどなァ、とぼやきながら春木は葬儀の万端を面倒見ていた。喪服を着た彼女とも久しぶりで会ったが、いつかの喫茶店のときと同じように、無表情に近い。ふてぶてしくも見えたし、積雪の下深く一切を秘めているようにも見えた。

「自殺だろうな。そうじゃなくても自殺に近いんだろう」と私は春木にいった。「自分で死ぬように仕向けていったりね。表向きは病死でも、実質はそうじゃない死に方が、案外多いみたいだな」

「まァこれで、奴さんもケリがついてよかった。とにかく死にゃァいいんだからな。人生は簡単だよ」

「彼女、名前は何といったっけ。俺はまだ名前もきいたことがない」

「――ふみ子さん、じゃなかったかな」

「女はえらいなァ」

「彼女は死にそうもないね。前の妻君だってそうだ。奴さんも心得ていて、一人で死んだよ」

そういった春木が、それから十五、六年ほどして、実質は自殺に近い病死をしている。

大宮の遺骨は、遠い故郷をふみ子が嫌って、彼女の家の方の墓におさめたという。してみると彼女の兄と一緒で、多少の運の相違はあるにせよ、河合部隊の両雄が、結局は同じところにおちついたことになった。


（「小説新潮」昭和六十一年十二月号）

多町の芍薬

一

芝でうまれて神田で育ち——というのが江戸ッ子のチャキチャキだという。その神田でも、神田川の南側、いわゆる内神田の方が神田の本場だという感じがなんとなくする。

小さい頃から耳になじんだ落語の影響であろう。落語の主人公が住所を述べるときは、たいがい神田竪大工町だの、多町《たちょう》だとかという名乗りをあげる。ちなみに私の生家のある牛込は、牛のキンタマ丸焼だァ、などとはやされて、なんだか泥臭い趣きがあった。私の子供の時分までは、巷の気分では、東京の本場は下町で、山手はだいぶ格落ちがした。

ところで私は自分の迂闊さに今さらながら驚いているが、神田の多町という名のみ耳にしみついて、その場所を正確に知らなかったのである。なぜ驚くかというと、敗戦後のぐれていた頃に、多町一帯をごろごろしていたことがあり、その後も町名を知らずにそのあたりをかなり徘徊していたからだ。

多町の隣りの司町というのは、もちろん知っている。昭和二十年の末頃に勤めていた出版社のあったところだからだ。

その前の敗戦後の焼跡の頃は、どこもかしこも境い目のないような感じで、ただ大通りだけが区切りをつけているようなものだった。だからいちいち、ここは何町などという意識なしにふらついていた。国電の神田駅が近くにあるから、ここは神田だ、と思っているにすぎない。国電といえば、まだ東京が戦火で焼かれる前、今の鉄道博物館のあたりに、〝万世橋〟という駅があった。この駅のたたずまいをご存知の方もだんだん減っていってるだろう。いわゆる外神田と内神田の接点のようなところに万世橋駅があった。

なぜ、こういうことを記しだしたかというと、私は今、駿河台のホテルで仕事をしているからだ。そうして、なんの気なしに附近の地図を見、神田多町という町の在場所をはじめて知って、いろいろ感慨を湧かせた。

私の友人に、多町の棟梁の倅だということを、やや自慢気に話す男がいる。多町に住む棟梁というと、金華山沖の秋刀魚みたいに本場物ということで、そのニュアンスは私にもよくわかるのであるが、いつもはそのままきき流していた。しかし、多町があそこだとわかってみると、私にも少々ひっかかりがあり、ぜひその友人に電話をして、思い出を語ってみたくなった。

早速、電話をかけたが、その友人は不在。

それでまたしばらく机に向かっていたが、どうしてか、多町の面影が頭から拭えない。こだわりだすと、狂ったようにそのことばかり思いつめるところが私にはある。

私はしかつめらしい顔をして、洋服に着かえ、ちょっと散歩してくる、とフロントにいってそそくさと外に出た。多町とその一帯はホテルから歩いて七八分のところだった。

近頃は用事以外に外に出ないから、こういうぶらぶら歩きが意外に楽しい。裏道伝いに歩いていくと、どの道筋も家並みがかわって、ビルになったり、モルタール建てになったり、建物がひと廻り大きくなっている。戦後四十年もたっているのだから、様子が変って当然で、昔の記憶がなければ変哲もない道筋だ。

戦争が終った年、神田駅は一望の焼跡の中に突っ立っていた。その南側に、今川橋にかけて駅前広場然としたところに、早くもヤミ市、というよりヤミの飲食屋台が建ち並び、芋きんとん、芋饅頭、進駐軍の残飯シチューなど売っていた。私もよくここで紫色に染めた芋きんとんを立喰いしたものだ。

駅の北側はなぜかヤミ市の規模が小さく、バラックの商店がぽつりぽつりと建ったりしていた。もっとも須田町から和泉町にかけて焼け残りの一帯があり、ここにあった中学時代の級友の家の土蔵で、よく麻雀などやって遊んだものだった。私はその頃すでに、他の場所でもっと下品なばくちを打っていたが、級友の家の土蔵は童心に戻って和める場所だった。私の方からいえばそうだったが、その家の家族には悪友と映っただろう。

私が十七、級友が一つ上の十八。神田駅前のヤミ屋台で粕取焼酎やメチール入りの爆弾という悪酒を教えたのも私である。彼は薬を呑むように顔をしかめて、しかしよく呑んだ。そうしてある夜、俺、死ぬよ、といった。

私は理由も訊かずに黙っていた。私たちは空襲でたくさんの死体を見てきたし、まだその頃、戦乱の空気が残っていた。

再度、彼が、死ぬといいだしたとき、

「そうか、それならお別れパーティをやろう。友だちを集めてね」

と私はいった。そうして、中学の友人の誰彼を集めて、ひと晩、酒盛りをやった。彼は粕取焼酎で酔っ払って、拙い唄を怒鳴るように唄った。その晩はざこ寝をして、翌朝、神田駅で別れるとき、さよなら、と彼が掌を出した。さよなら、といって私もその掌を握った。

それっきり、四十年近く、彼は現われない。私の夢の中にはちょいちょい出てくるけれども、いくらその名を呼んでも、にこりともしないで私を無視する。

二

須田町の一角と反対側の多町の方にも、焼け残った一画があった。今考えると不思議で、記憶ちがいのようでもあるし、なんだか曖昧になってしまうが、たしかに、まだ都電も復旧しない焼野ヶ原の頃に、この方面の古びた戦前ふうの麻雀屋に入りびたっていた時期がある。

その店はまったく大人の店で、当時金まわりのよかったブローカーや株屋が集まっていた。賭金《レート》も大きい。今でも思いだすが、その店の主人が、毎夜、木製のパン焼き器でカステラを焼く。甘そうな香りがぷうんと部屋にこもり、餓えている私などごくりと生唾を呑む。焼きあがると主人は客たちを見返りもせず、子供たちを呼んでこれみよがしに喰わせる。

主人は二階の窓から往来に痰を吐き飛ばすのが癖で、ときどき通行人にかかる。

「やあ、やあ、どうもどうも――」

などと頭をかくが、通行人が文句をいいだしたりすると、

「なにィ、この野郎――」

階下へ走りおりていって張り倒したりした。私はしかし、この店と、兜町のそばの同じような客ダネの店と、二軒に馴染んでかなり稼がせて貰った。

まだ主食統制の頃で、おおっぴらな食堂などなかったが、汽車長屋の中の一軒で、そっと仕出しをやる家があった。徹夜麻雀でも、ドンブリ物が届く。早めに打ち上げると、その家に行って、豚汁で酒を呑んだりする。

そっとやってきて、注射を一本打って、またそっと出ていく者もあった。

その家の息子は勇ちゃんといって、これは勝負事はやらない。女好きだったが、にこにこした気のいい男で、私はときどき勇ちゃんの布団で寝かして貰う。

ある夜、一人でその家にあがりこんでいくと、見なれない男女が勇ちゃんと談笑している。一見して芸人とわかる風態で、女は三十ちょいと、男はもっと若くて、スラリとした美男。私は隅で酒を呑んでいたが、突然、思い出して、いきなり声をかけた。

「あんた、戦争中に浅草に出てたね。MMの劇団に居たろ」

私が声をかけたのは男の方だった。私は子供の頃から浅草を徘徊していて、浅草の役者は隅々まで顔だけは知っている。彼とは口をきいたことがなかったが、共通の知り合いの幕内の消息など話しているうちに、たちまち打ちとけた。男の方も浅草ではまだ青年部で、舞台姿を知っている者の出現が嬉しかったらしい。

「この人、坊やっていってね――」

と勇ちゃんが私を紹介したが、普通、悪餓鬼だよ、くらいのところを、妙に優しく、いいばくちを打つんだよ、ぐらいのことをいってくれた。

男はクニちゃんと呼ばれ、女はお師匠《しょ》さんと呼ばれていた。

「あんた、ばくち打ちなの、へええ――」

クニちゃんは下町の男の特有の、遊び人を賛嘆する眼になって、自分は空襲の頃、舞台を退いて、今は日本舞踊の師匠をやっている、といった。

「それでこの女《ひと》は、清元。――姉よ」

と澄ましていった。女は眼がわるいらしくうす赤い色眼鏡をかけていたが、口もとにこぼれるような色気があった。

私たちはすぐに打ちとけて一緒に酒を呑み、お師匠《しょ》さんは三味線を手にして都々逸や俗曲を唄ってくれた。彼等の住まいは通りひとつ隔てた焼跡の方で、当時まだ珍しかった本建築の一戸建てだった。

私や勇ちゃんは、少し甘えて彼女のことをおペン子さんと呼んだ。三味線のペンである。おペン子さんはその道で気むずかしいので知られた某家元のところで、内弟子として長く辛抱した人らしく、何をいっても柳に風と受け流してくれる。

まもなく私は、勇ちゃんのところで寝るかわりに、おペン子さんの家にあがりこんで寝かしてもらったりするようになった。

おペン子さんとクニちゃんは仲が良くて、二人セットでお座敷の仕事などとり、帰りに揃って勇ちゃんの所に寄って仕上げにそっと一杯呑む。けれども姉弟には見えない。クニちゃん一人が出かけている日は、おペン子さんが麻雀屋をのぞいて、私が居ると、

「坊や、ちょっと呑みに行こう――？」

なんていう。しかし週に二日ほど、旦那が家に来るとかでクニちゃんが浮いてしまい、彼もまた私を誘いにくる。

二人とも、特にクニちゃんは家では気むずかしかったかもしれないが、外面《そとづら》がよく、私や勇ちゃんとわいわいいって遊んでいる。外で務めている分、勇ちゃんの店では童心に返ってよく遊んだ。

多分、元からこの辺に居たのではなくて、戦争後、ヤミ景気の旦那かなにかがついて、小

綺麗な家が建ったという感じだった。

「こうして呑んでると楽しいわ――」とおペン子さんがいう。「あたしたち、友だちってのがないでしょ。この商売、同期生も何もないから」

「俺だってそうだよ」

「ああ、そうか。ばくち打ちだもんね」

「一人ぼっちの年の暮、さ」

「うまいうまい、上の句は何てつけるの」

「ふらふらと、かな」

「〽ふらふらと――、それから」

「――生きて、身に滲む、静けさに、か。まだアンコがいるね」

「〽――生きて身に滲む――」

「でたらめだよ」

「坊や、ご両親は？」

「居るよ」

私は頭をかいた。おペン子さんは私の両掌を握って左右に振り、

「お友だちになろうよね」

と少女っぽい口調でいった。それから、

「はい、お友だちのしるし」

といって、私の掌を着物の襟の中に入れ、生のままの胸乳を握らせてくれた。

おペン子さんは、眼鏡でカバーしていたが右眼が軽い斜視だった。子供の頃から師匠に撥でカンカン打たれ続けたそうで、掌も腕も痣だらけ。声も、商売人だから当然だが、苦を積んで鍛えた声で、酒席で俗曲など唄ってもきっぱりとした格調があった。

彼女は老母と小さい娘を一人かかえていた。こういう稼業が暮しにくい戦時下をともかくしのぎ抜いて、それでなおかつ独特のみずみずしさを失っていなかった。

「おペン子さんはかわいいいね」

「そう思う――？」

「うん」

「本当――？」

そういうときはプロの色気になる。

「クニちゃんもそういうだろ」

「あら、嫉いてくれてんの」

ところがクニちゃんの方も人なつこくて、まったく営業と関係のない私や勇ちゃんとの酒席を楽しんでいる感じだった。彼も浅草の舞台の前に歌舞伎の男衆をしたり、踊りの名人の稚児さんをしたり、多くを語らないが苦労したらしい。私は年少の頃から芸人を見なれてきたから、おペン子さんとも、クニちゃんとも、この交際はゲームとして、深入りして恥をかかないようにしようと思っていた。

ところがそうもいかない。男三人は男三人で、まったく仕事ちがいの気のおけない友人として急速に親しくなり、おペン子さんともまた交情がつのる。おペン子さんは閑な夜に、賭場に来て私の背後で様子を見ていたりする。

おペン子さんの旦那はヤミ成金ではなくて、新派の役者だという。クニちゃんからそれをきいた。彼はまるで他人の噂話をするようにそれをいう。

どうしてかわからないが、旦那の居ない日、客間に、おペン子さんが三つ布団を敷いてくれることがある。まん中が彼女、右がクニちゃん、左が私。夜中にそっと、彼女の肢が私の方に伸びてくる。私は彼女の胸乳を握りしめ、彼女の手は私の股間に来ている。さすがにそれ以上のことはしない。

勇ちゃんのところではなくて、神田駅前の屋台に腰かけて、おペン子さんを中に、クニちゃんと三人並んでヤミ酒を呑んでいた。彼女がそっと、私の腕を右の袖に入れ、背中を廻って左の胸乳を摑ませた。何かの拍子にクニちゃんの視線がチラとこちらに走り、私はすばやく腕を抜いた。

クニちゃんはこれまでの経緯もうすうす感じていたはずで、その夜も彼女と二人きりになってからなじったかもしれないが、私には何の表情も見せなかった。その翌日だったたか、麻雀屋にクニちゃんが顔を出して、邪気なく、

「坊や、まだ終らないの、お仕事——」

プロだなァ、と私は感心した。プロといえば、おペン子さんも、あいかわらず、夜、肢を

出してくる。クニちゃんとも円満なようで、そういうところが実にどうも、大人の世界を感じさせる。

私は何度も、クニちゃんの眼を忍んで、本格的に彼女に手を出そうとしたけれど、勇気が出なかった。ばくちとちがって女の方ではまだ青い私の激情を、おペン子さんにも、クニちゃんにも、見て楽しまれそうな気がしたからだ。

三

クニちゃんと私は、おペン子さんの旦那の来訪に関しては、ほぼ共通の情念を抱いているように思っていたが、クニちゃんは一層手がこんでいて、旦那とも舞踊の方の関係で濃くつながっており、嫉くの恨むのという対し方ではなかった。旦那が足を遠のかせていると、クニちゃんはおペン子さんと一緒になって心配する。

「クニちゃんね、どう思う――?」

と勇ちゃんがいった。

「おペン子さんの旦那とできてるだろ」

「つまり、稚児さんかね」

「そうさ。旦那だって――」

「ということは、皆、両方やるわけ?」

「そうじゃないかな。なんだって俺はかまわないけども」

「俺もかまわないさ」

ある夜ふけ、私がおペン子さんの家に近寄っていくと、彼女とクニちゃんがちょうど旦那を送り出しているところだった。まずい、と思って私は酔いどれふうに、そこらで立小便をして待っていた。

なにか親しげに冗談をいって、旦那の肩をポンと叩き、見送る姿勢からクニちゃんは不意に私の方に顔だけ向けて、舞台の所作のように深く頷いてみせた。してやったり、という顔か、もう大丈夫、お入りよ、というのか、それとも、ご同役、ここは自分が主役だよ、という凄い表情なのか、つかみきれない。

けれども玄関先では、おペン子さんが花のように笑っている。

「坊や、待ってたのよ。さ、お入り」

そうして手早く着かえて、

「クニちゃん、呑もう。お婆ちゃんもいらっしゃい。家族団欒よ」

私も家族のような顔をして、車座になって呑む。その晩は二人が持ち場を変えて、クニちゃんが三味線をひき、眼鏡をとって頬被りしたおペン子さんが泥鰌掬いを踊った。

「ああ、手銭はいいねえ。楽しいわ」

「そうよ、手銭にかぎるわよ。でも手銭だけじゃ干上っちゃうからねえ」

とクニちゃん。

「うるせえ、手前――」とおペン子さんがいい声でいう。「干上ったっていいんだ。干上ったら、死ぬんだから」

「あんた、娘がいるんだよ」

クニちゃんはそれから笑顔になって、

「そうだ、お婆ちゃんもね、居るんだもの」

おペン子さんの家の小さな犬が、路上で車の後輪に巻きこまれた。深夜のことで、偶然、私たちは揃ってそれを目撃した。

犬は泣き叫びながら勝手口に飛びこんだ。

「あ、家ン中で死ぬぞ」

勇ちゃんが駈けて行き、クニちゃんも走った。ところが犬は存外元気で、下腹部を車輪に轢かれているのに、翌る朝になってもさして変らず駈け廻っていた。

しぶとい犬だねえ、と皆がいった。しかし車輪に轢かれた下半身のあたりの毛が脱け落ちてきて、皮膚病みたいに痂《かさぶた》ができ、血膿のようなものが流れだすと、当初は一番おろおろしていたクニちゃんが、犬に辛く当りはじめた。

まったく図々しい犬だねえ、あんな姿でまだ居坐っていて――。クニちゃんは毎朝のように、

「お前はもう生きてなくていいんだよ。どこかへ行っておしまい」

おペン子さんも、

「坊や、あれ、なんとかしてきて」

という。私も動かないし、勇ちゃんもニヤニヤしているだけだ。

そのうちに変なことがおこって、おペン子さんの家に家族がまた一人増えてしまった。

ある日の午后、立派な禿頭をして体格のいい中年男が玄関に立って、

「財布を落してしまった。すみませんが郷里に帰る金を貸してくれませんか」

といったのだという。私たちは誰もその場に居合わせない。お婆ちゃんのいいかたによると、そうじゃない、押売りまがいに何かを売りつけようとやってきたのだという。

なんだかしらないが、男はあがりこんで、おペン子さんと話しこみ、その日から泊りこんでしまったのだった。

「おペン子さんも人がいいからなァ」

と勇ちゃんはいった。

もっともこの件に関して私は何もいうべき立場にない。私も大同小異のきっかけで、彼女の家に入りこんでしまったから。

現われたとき、男は洋服姿だったようだが、居つきだすとすぐに、おペン子さんたちに合わせて和服姿になった。そうして、おペン子さんの三味線箱を抱えたり、クニちゃんの男衆の感じで、仕事先に供をして歩く。

夜、勇ちゃんのところに一緒に戻ると、隅にすわってあてがわれた酒をじっと呑んでいた。

私のときと同じように、クニちゃんはこの男の闖入に対しても、私たちの前では、何の表

情にも現わさない。

男は、本名かどうかは知らないが、大木さんといった。

一週間ほどした夜、勇ちゃんの家で呑みながら、

「大木、あの犬を明日、始末しておいで」

とクニちゃんがいやにはっきりした声でいった。

「保健所に行って注射して貰えばいいんだからね」

私は、おペン子さんに、

「俺も、三味線持ちになればよかったのかな」

と訊いてみた。

「どうして、坊やはばくち打ちでしょう」

とおペン子さんはいった。

「あの人は、何もすることがないんだもの」

「これまでは何をしてたの」

「刑務所に居たんですって」

と彼女は苦もなくいった。

「出てきたばかりで、まだすることがないのよ」

おペン子さんのそのいいかたは柔かくて、とても厄介者を背負いこんだようには見えなかった。

なぜ、そうなのかわからない。私も大木も同じく風来坊だったが、あきらかに遇し方がちがっていた。たとえば、客間に私を含めた三人で寝るが、大木一人は、台所の横の三畳で、一人で寝る。

大木の昼間の仕事は、おペン子さんの娘の相手とお婆ちゃんの愚痴をきくことだった。

おペン子さんの清元の発表会があって、大木は奥役になり、会場に来る料亭の女主人や芸者や、お弟子さんなどけっこううるさい連中をわりになれた運びでさばいていた。

私と大木の関係は妙なもので、彼は私を何と見ていたかしらないが、私などにも敬語まじりでしゃべる。そのうえ、来た当座はそうでもなかったが、居つきだすと忽ち女言葉になった。

クニちゃんの踊りのおさらいのときは、次の間に四角く坐って眺めていた。

「大木さん、音曲の世界が、好きなの」

「いいえ、私は何も知らないのよ、三味線の音が好きなんですよ」

大木は大きい身体をもてあますようにして、しょっちゅう家の中に居たから、どんなに気を使っても、その存在が目立つ。

私は大木にべつにわるい感情は抱かなかったけれど、一時ほど頻繁にはおペン子さんの家に足を向けなくなった。いったん遠のくと、舞台と観客席のような仕切りができてしまって、すっと入って行きにくい。

須田町の花屋の前で、赤い襷をかけ、尻を端折っていそがしそうに歩いていく大木に出会った。

「どうしたんですか。近頃お見限りで」

彼はあいそ笑いをしていい、それから毎晩のように供をして歩く出先の模様をあれこれ語った。大劇場の楽屋の様子、温習会《おさらい》での有名料亭のお内儀の噂、花柳界の女たちや役者の話、それらを勢いこんで楽しげにしゃべる。

「大木さん、よかったね。あの家で拾ってもらって」

「ええ。こんなことになるなんてね」

立派な禿頭をした大木は精力も強そうだったし、どこか喰えない気配もあって、あのプロたちとしぶとくしのぎ合っていくようにも思えた。実際、たまに顔を出すと、クニちゃんの大木に対する態度が、病気の犬に対するように傲慢険悪になっていて、私などよりずっと大木を一人前の敵にあつかっているようにも見えた。

「おペン子さんとクニちゃんがね、夜具の中に居て、大木は寝かされないで、枕元で坐らせられてるんだって」

と勇ちゃんがいった。

「クニちゃんにきいたよ。主従はそうしたもんだって。それで、はい、紙、とか、大木、水、とかいわれて世話を焼くんだって」

「――おペン子さんは」

「おペン子さんも、昂奮するんだってさ」

あるとき、彼女が麻雀屋に珍しく顔を出して、坊や、呑みに行こう、という。

勇ちゃんのところでなく、やっぱり焼け残りのところでそっとやっている天ぷら屋に行った。

「どうしたのよ、坊や。淋しいじゃないの。いつも来てる人が来ないんだもの」

「ごろつきが減っていいじゃないか」

「あんた何いうのよ。家でごろついたことなんてないじゃないの」

私は黙って酒を呑んでいた。

「あたし、ほら、お師匠さんと差し向いのようにして育ったでしょ。淋しくってねえ。家の中は大勢がいいわよ。他人だってなんだってかまわないのよ。坊や、来てよ。前みたいに」

「大木さんが居るだろ」

「大木は居ないの」

「出て行ったのか」

「警察が来て連れてっちゃったわよ。追われてたのねえ。刑務所から手紙が来てね。あたしたちも書いて出したわ」

そういうときのおペン子さんは、みずみずしいいい表情になった。

「呑もうよ」

「ああ、呑もう」

「二人っきりになろうか。今夜は」

私は笑った。

「いいよ。それでも」

「なろう、なろう、でもその前に呑むわ」

私は久しぶりにおペン子さんの胸に手を入れて柔かい塊りに触れた。

四

多町、司町、そのあたり一帯を歩きまわったが、おペン子さんの家のあたりは行かなかった。彼女の家がそこにないことはわかっている。

私が彼女たちと切れたのは、目立って区切りのつくような理由があったわけではなく、別方面の賭場に深入りして熱くなってしまったから、と思っていた。

歩いているうちにそうでもない記憶が蘇った。おペン子さんのところは、経済的に苦しくなって、その家を手放して立ち退いたのだった。私にはその気配はわからなかったが、芸人は浮き沈みがあるから、と勇ちゃんが簡単に解説してくれた。

しかし、その後の何十年かの間に、何度か邂逅している。私の印象とちがって、クニちゃんはあくまで彼女に寄り添い、正式かどうかはわからないが、どこから見ても夫婦という趣きだった。

住所は、出会うたびにちがっていたけれど、いつも小体な、粋な家に住んでいた。十年ほどたった頃、彼女の家でおそくまで呑んでしまったことがある。

おペン子さんは以前と変らぬ笑顔で、人なつこく酔った。

「クニちゃんは元気なの」

「あの人もね、踊りのほかに、小料理屋もやったり」

「おペン子さんは、えらいね」

「なぜ——?」

「クニちゃんはおペン子さんで持ってるんだろう」

「別れるの嫌だから。誰ともね」

「えらいね」

「人さまに生かしてもらってるんだから、あたしなんか」

帰ろうとしたが、呑もう、潰れるまで呑もうよ、という。

私は、うっかり、うぬぼれたセリフをいった。

「でも、泊れないぜ」

「泊ってけなんて、いわないわよ」

彼女は真顔になっていった。

それからまた何年かして、上野のデパートで、すっかり美女に育った娘と歩いていく姿を見た。声をかけようとして、なんとなく黙って見送った。

クニちゃんとは、彼の経営する小料理屋で、ぽつりぽつりと会っていた。おペン子さんが癌で入院したときいたとき、私はしばらく彼女のことが頭を離れなかったが、とうとう見舞いに行かなかった。彼女もお別れをいいたくなかろう、と思ったからだ。

おペン子さんは人形のように小さく痩せて、小一年ほど苦しんだ末に亡くなった。私は終始うっかりしていたが、彼女は本職の方でかなりの地位を占めていたらしく、また大勢の人に愛されてもいたようで、都内のホールで追悼の夕べが開かれた。

その当日も仕事があって行かれなくて、まだ線香もあげに行っていない。クニちゃんが、晩年の彼女がＮＨＫに出た折りのテープを持っているという。クニちゃんは、不思議に、その後孤閨を保っているようだ。

（「別冊文藝春秋」昭和六十年一月）

右も左もぽん中ブギ

昔、学のあるヨタモンは、６９は貴人を転がし、３９は王を泳がす、なんてことをいったもんで。

こう記すと、旧約聖書の引用かと思う方がありまして、

「ヨタモンてのは、ソロモンの弟だろ」

そうじゃァないんで。唯今はあまりいいませんが、字で書くと、与太者。又の名を、グレ公、ブーコロ。どっちにしてもあまりいい響きじゃありません。

「６９はわかるけど、３９ってのは――」

「スリーック」

薬だてえんで。

唯今はもう、大変にきびしくなりまして、巷ではほとんど見かけませんな。ヤクのバイニンなんてえものは非常に罰が重い。あれは人の生命を喰う商売ですから、絶滅したいですな。煙草も、大麻の兄弟分みたいなものですが、あれは国家が専売してるから、いいんです。

ですから現在は、薬というと、ほとんどがお金持で、医者にコネをつけて、一定量をこっそり配給してもらうというシステムになっております。いえ、これはアメリカのお金持の話で。

三十年前、というと、もう夢か幻のような過去の世界でありまして、一億総ポン中みたいな頃があったとは、とても信じられません。

あのヒロポンやゼドリンを、全国どこの薬屋でもおおっぴらに売っていて、私どもの中学生時代は、錠剤ですが、試験勉強などに皆が使ってたんですから。

横浜のあるストリップ劇場で、踊り子がみんなポン中で、たまりかねた経営者が、ヒロポン禁止を支配人にきつくいいわたした。この支配人というのが正邦乙彦というまことに不思議なサムライで、例の伝説のストリッパー、ジプシー・ローズを育てた人。この正邦《サブちゃん》支配人がよれよれのポン中なんですから。

彼はさっそく踊り子を集めて、中毒特有の三角眼を吊りあげて、

「皆、注射をやめなさい。昔から、注射で長生きした奴はいない。広瀬チューシャをごらん。橘チューシャをごらん。チューシャになったら最後だ。ねえ、これだけはぜひ守ってくれたまえ」

声涙ともにくだる演説をぶって、それから皆で合唱したてえます。

〽カチューシャかわァいィや
　別れェの、辛ァさァ
もっとも当今のお若いお方に、広瀬中佐や橘中佐はとおりがわるいでしょうが。

ここに製造法は記しませんが、ヒロポンというのは、実に簡単にできちゃうんですな。そこいらの長屋で、井戸水かなにかを使ってチョイチョイチョイとできちゃう。だから、安いんです。今は高いですよ、取締りがきびしいから。当時、薬屋で売ってるよりヤミの方が安くて簡単に手に入った。これが一億総ポン中現象のひとつの原因ですな。そのかわり不衛生で、バイキンだらけ、打つ方も、道を歩いていて打ちたくなると、そこらのドブの汚水で注射器を洗って、又手癖で、つい、洗うんですな。ブツーリ。ぼうふらが一緒に血管に入ってきたりしまして。

実にどうも、いいかげんな時代でしたな。

浅草常盤座の舞台稽古で徹夜してまして、そこらじゅうにポンのアンプルが落っこっている。八波《はっぱ》むと志が出番を終えて客席で眺めてるうちに、うっかり居眠りをした。

「ああ、ポン中が居眠りをするなんて、はずかしい！」

と泣いたという話がありまして。

ヒロポンは昂奮剤ですが、アドルムのように催眠剤あり、また悪魔の粉ヘロインあり、パントポン、コカイン、ハシッシュ、メスカリン、いろんなものがありましたな。

一番手ひどかったのが、チクロパン・ナトリウム。別名イチコロパンなんていいまして。ブツーリ、打つとイチコロにひっくりかえって失神しちゃう。

「どこが、いいの」

「だからさ、もう、パッと、なんにもわからなくなっちゃうところが、いい」

打ったとたんに失神しちゃうんだから、いいもわるいもわからないだろうと思うのが素人だてえます。

最初《はな》はお尻や、足の太股なんかに打つんですな。で、だんだん利かなくなると、上の方に、つまり脳に近い方に打つ場所が寄ってくるんです。腕から首筋、額、なんて、このへんにくるまでに半年くらいで、それで廃人になっちゃう。

高橋《たかばし》のドヤで、一ちゃんてえ兄さんが、額の横の顳顬のあたりに注射を、ぶつ、と打って、場所が場所だから利きが早いです。ばたーん、横っ倒しに倒れて、頭に刺さったまんま注射針がぶるんぶるん揺れてる、なんて風景が、その頃、そう珍しくなかったもんで――。


清公という、浅草の小劇場の呼びこみをやってた若者が居まして。

呼びこみというのは、これも当今、おわかりがないでしょうが、

「ええ、いらはい、いらはい、唯今がちょうど入れかえ。さァ一回全部見られて割引きだよ。さァお入りよ――」

という、表口で黄色い声を出して客をひく若い衆ですな。固くいえば、表方の一員なんで

しょうが。

清ちゃんというのは、父親が七人居たてえます。育ての親がまず一人、母親が若いのと逃《ず》らかったのにくっついていってその相棒が二人目、その次の亭主で三人目。実の親だという履物屋さんの旦那、これは空襲で死にまして、ところが本当は俺が父親だったと切りだしてきたのが一人、いやァ、あの女だったら、もしかすると俺じゃなかったかなァと、もしかの父というのが一人、そうじゃねえってば、あの時分、あの女がこっそりやるのは俺だけだったよ、玉の出所は俺だァ、と、たまの父、これで七人。

普通は名乗りをあげずに隠れちまうんでしょうが、浅草というところは変に無責任で、そんなことを通りすがりにいいかけてきて、それでどうってことないんですな。

もしかの父だの、たまの父だの、チューインガムなんかくれたり、正月なんか小遣いをくれたりしまして。

それが、ついでにヒロポンまで打ってくれるんですから。

あの当時、煙草を吸わない奴が居ても、ポンを打たない奴は居ないといわれた頃なんですが、清ちゃんはその中でも立派にできあがって、劇場の前で客を殴り倒しちゃって、パクられて隔離病院入りです。

ヘロインなどにくらべれば、ヒロポンは比較的、薬ッ気が抜けやすいんですが、しばらくして、青い顔してな、浅草に戻ってきまして、そのときはもちろん呼びこみは失業してました。父親が七人も居るってのに、身を寄せていくところもないんで。

私はその頃、大ぐれはまでして、もっとも、いいときはあまりないんですけれど、新公園に寐てました。

新公園てえのは、今のロック座の裏あたりですかなァ、公園六区といわれた瓢箪池のある大きい方でなく、猫の額ほどの空地で、ここには戦争前からルンペンや乞食パン助などが寐てまして、浮浪者でもここに居るのは最低なんだそうで、

「おい、新公園よ――」

なんて呼ばれると、ルンペンが怒ったといいますが、当今はもう店家も立ち並んで、新公園なんて名称も絶えてしまったかもしれません。

新公園のにィさん、なんていって、ちょっとした顔役も居るんですが、私なんかがごろッと寐てたってどうってことはない。

清公が、私ンとこへやってきまして、

「俺、ポン止めるよ」

「そうか」

「ばかばかしいやな」

「そうだな」

「お前、打ったことねえのか」

「なくはないが、まァ、俺は注射は嫌いだ」

「ふうん。珍しいな」

「ヒロポンばかりじゃないよ。ビタミンだろうが、カンフルだろうが、注射は嫌い。あの針がいやだ」

清ちゃんは最初、もしかの父に打ってもらったとき、新時代の流行だ、これからはこれを打たないと、満足に人とつきあえない、っていわれたんだそうで。

「俺も嫌いだよ――、だいいちあれは、飯が喰えなくなっていけねえ」

「じゃ、やめろよ」

「うん、やめよう」

「今ならやめられる」

「ああ。――で、何をやろうか」

「女はどうだい」

と私はいいました。私は早くグレていたせいで、その頃まで友人というと皆年上ばかり。なにしろ十一二歳の頃から盛り場をほっつき歩いてたんですから、これ以上年下の不良少年というのは居ないです。私より後輩で、私のばくちの弟子格になっている者も五つや七つ年上はざらで、清ちゃんは、はじめて同じような年齢の友だちだったんですな。

で、私には、清公がまるで年下のように思えてしようがないんで。

「女、ねえ――」

清ちゃんはちょっと考えて、

「強姦《やちごろ》かい」

「まァ強姦でもなんでも、女に凝ってみるのさ。凝って凝って凝りまくりゃァ、薬だって女だって同じだろ」

「女に凝れるかなァ」

「物《ぶつ》によりけりじゃないか」

「そんな物が、転がってるかね」

「仕かけてみなけりゃわからねえぜ」

私は兄貴みたいな口を利いてましたが、その時分、ねんねに毛がはえたようなもんで。多分、清ちゃんの方がこの道に関しては、まだしも経験が多かったでしょう。

けれども、どういうわけか、特飲街、つまり赤線地帯に関しては大人もおよばぬ知識があったんで。あの小路、この細道、通《つう》といってもいいくらいでしたな。ばくちで入りこんで居ますから。

これはちょっと後年の話ですが、二十三四になって、グレの足を人並みに洗って、形ばかり勤め人になっていた頃、給料日に女子社員と新宿でビールを呑みまして、

「ああ、楽しいわ、なんだか、冒険がしたいわ」

とその女性がいうんです。

「冒険――?」

「なんか、ぞくっ、とするようなところへ連れてってよ」

私は、見事に勘ちがいしまして。

冒険、ぞくっとする、ははァ、よし、あすこへ連れてってやろう――。

新宿二丁目の、赤線の目抜き通りをその女性の手をひいて闊歩しまして、

「ああら、おにィさん、その、おねえさんと一緒のおにィさん、どうしたの、お寄りになってえ――」

という、あの街で。

「なんなの、ここは、何?」

「冒険だろう。ここはちょっと、女一人じゃ歩けないぜ」

私、その女性にひっぱたかれまして。

その癖が、このときも出たんですな。

いいえ、赤線じゃないんで。清ちゃんに、いいタマを紹介してやろうと思って。自分の方がよっぽどねんねのくせに。

これもどういうわけか、その時分の私は、いいえ、今でもその気味がややありますが、女より、十七八の男の子で、本当に美しいと思うようなのが居るんですな。

俗にいう美男なんてのじゃない。世間の物尺とはちがって、私の好みなんですが、色がまっ黒くて、眼が大きくて、笑わなくて、この世の中のことが少しも気に入ってない、そのくせ押し黙ってるより手のない男の子で、ひりひりするくらいうすい顔立ちをしている、そんな奴の、ほんとに十六七から八くらいの間の一瞬間なんですが、朝日のように輝くばかりの美しさのときがあるんです。そりゃァもう、そんな奴とくらべたら、女なんて下司なイモな

んですな。

いらはいの清ちゃんが、ああいう黄色い声を出しさえしなければ、その感じなんで。笑ったとき見える歯ぐきの色がきれいで、意外に子供っぽいんです。

私はあらためて周辺を見廻しました。で、私自身がびっくりしたんですが、ひどい所に居るんですな。新公園なんですから。ポン中の巣、どころか、なんとかして金を貯めて、一本でも多く注射を打ちたい、それを希望に生きてる奴ばかりなんで。

「おい、清ちゃん、ちょっと歩こう」

「どうしたんだよ、俺、眠いぜ」

私は新公園を出まして、瓢簞池の中之島の草むらの方に移りました。で、ここはポン中が居ないかというと、とんでもない、寝るときに、ざざッとそこいらを手で掃いてからでないと、あぶなくて寝られないほど、アンプルでいっぱいだったんですが。まァ、私としたら、明日から生き方を変えるぐらいの強い決意で、場所を移ったんですな。

「俺も、女をつくるよ――」と私はいいました。「一緒に、女をつくろうよ、清ちゃん」

「うん、共同で、使うか」

「共同でなくてもいいけどな。お前はお前で気に入ったのを探せよ。俺は俺で――」

「めんどくせえよ。お前と一緒でいいよ」

「そういうなよ、自家用は、いいぜ。廻しとちがう。お前はお前で――」

「無駄だよ。お前のに乗っかるよ。俺はそれでいいよ」

あの頃てえものは、思いだすときりがありませんけれども、瓢簞池のまわりの露店で、芋のきんとんをドンブリで喰ってると、たいがい煙草の吸殻が入ってるんですな。

小鼠が、一匹づけで入っていたり。ああ、鼠をダシ汁に使ってるのか、なんて。

ギトギト油の浮いている進駐軍の残飯シチューの中には、伸びたルーデサックが煮つまってまして。

口の中に入れて、嚙みきれるのが烏賊。嚙みきれないのがサック。嚙みきれないと思うと、口の中から、ぶッ、と吐きだして、残りの汁をズルズル呑んじまったり。

「さァ、甘いよ、甘いよ――！」

「甘いの、おくれ」

汁粉をな、ドンブリに一杯もらって、これがまるでお湯に色をつけたようなもんで、

「甘くないぜ」

「その上の方の汁を呑んでみな」

「呑んだけど、甘くない」

「下の方に小豆と芋が溜ってるだろ」

「ああ――」

「その芋が、甘い――！」

清公が、その露店のねえちゃんに惚れてきまして。

「あれ、どう思う――？」

殊勝に、私に相談をかけまして。

見てみると、顔が、すうッとこうあって、髪の毛が長くて、肩がちょっと細身だけれども、腰は太い。露店にしちゃァ顔色が青白いのが、ちょっと気になったんですが、

「いいだろう」

「いいか」

「いや、俺がよくたって、わからねえよ。自分で番《ばん》かけてみな」

奴が声をかけてみると、一発でくっついてきたんで、その晩、花屋敷の裏の方の掘立て旅館に泊りまして。新婚初夜てえ奴で。

私はツイてないんですな。清ちゃん一人で最初はよくても、少したつと一人じゃ張り合いがないだろうと思って、私も番をかけてみるが、どうもこれという女にぶつからない。

初日をすまして、清ちゃんが、満腹したような顔で私のところに寄ってきて、

「共同で使おうか」

「いいよ」

「遠慮しなくたっていいよ。女にきいてみるから。今夜でも、やれよ」

女にきいたら、嫌だ、といったんだそうで。そりゃァまァそういうでしょうな。清ちゃんは面目なくて、その晩も、女と一緒にどこかへしけこんで、それで夜ふけになってから、女、カツ子ちゃんてえのが、注射ケースをとりだして、太股に一発、打ったんだそうですな。

清ちゃん、あっけにとられて、それを眺めてた。

「はい。あんたも打つでしょ。いいわよ、使って」

「——お前、ポン中か」

あらためて太股を撫でまわしてみると、どうして気がつかなかったのか、奴も初日はうわずってたんでしょうなァ、固い注射ダコができてまして。

「ポン中でわるいの」

「いや、まァね、わるいってわけじゃないけどさ」

「昼間、働いてるのよ。あんなとこで一日立っていて、夜、こんなことできると思う。ポンでも打たなきゃ」

それで、清ちゃんと次に会ったとき、野郎、こういいましたな。

「おい、ポン打ってて、どこがわるい」

照れくさいとき逆に凄んだような顔になる、十八九の頃特有の表情でして、

「いいわるいじゃねえよ。男の約束だったろ。ポンをやめて、女にしようっていったんだ。女とポンと両方は、ルール違反だ」

「男の約束っていうけどな。お前は針が怖くて注射を打てねえ。俺がポンをやめるなら、お前は何をやめるんだ。不公平じゃねえか。そんなのは男の約束じゃないぜ」

「お前がポンをやめるってえから、俺もつきあって——」

「お前も何かやめな。ばくちをやめるか。だったら俺も考えるさ」

私はばくちをやめる気はありません。私からバクチをとったら、豆腐から水分を抜くのと同じで。

それと、野郎も金が要ったんですな。まもなく、国際通りに立って、薬バイをやってるという噂が耳に入りまして。

当今のダフ屋みたいに、通行人に近寄っていって、

「――純粋の奴、あるよ。いい品物だぜ、買わないかい、お客さん、こっちこっち、路地へ入ってきてよ――」

という、あれがやたらに居たもんですな。

ある夕方、すき焼の今半の前の道路にしゃがんで、向う側を見ていると、野郎が立ってるのが眼に入りまして、ちょっと痩せすぎの感じはあるけど、やっぱり不幸な顔をしていて、いいんです。

いえ、野郎と寝たいとか、これもゝじゃないんで。友だちが欲しかったんですな。一人でのん気に日をすごしてるようでも、やっぱり孤立してるだけじゃ、しのぎにくいんです。グレ公はことさらそうで、だから組織のようなものが必要になってくるんでしょうけれど。

私はそのとき、やっぱり清ちゃんみたいな野郎の存在が欲しかったんで。ほかに、これという男も居なかったし。女じゃ、私のような道ばたで寝ているような生活は烈しすぎて、心をとけあわせることができません。

私は大通りを横切っていって、清ちゃん、と声をかけました。私たちは、ひと月ぐらい会

ってなかったと思います。

野郎は、私の方を見て、存外、やさしい眼で、

「俺、しくじったよ」

「なにが――」

「カツ子と、もう切れた」

センチメンタルな伴奏をするようですが、夕焼けが妙に赤くて、私たちは少年小説の主人公のように二人並んで空を眺めました。

「女と切れて、ポンだけそのままか」

「こんなことしててもしょうがねえな。そう思わねえわけじゃないんだよ」

「だが、もうやめられないだろう。もう一回パクられて入ってこいよ」

「俺ァ、何にも教わらなかったからな。針が怖いなんて感じも教わらなかったよ。お前なんざ、それで利口なつもりなんだろうが」

「俺は利口じゃねえよ。ただ、お前と、ダチッ子なだけよ。俺はポン中じゃねえが、注射以外のものに、中毒してるさ」

「二十八くらいまで、生きてえな」

「二十八か」

「そのくらいまで生きて、貫禄つけてさ、女をばしゃばしゃやってな。それには、注射、やめなくちゃな」

「女をばしゃばしゃやってか」

「俺の実の父親がな、二十八のときの子だってさ。だから俺も、野郎の年まで生きてみてえ」

三の輪の方から来てる香具師《やし》の友治ってズボン屋が、物かげに行ってポンを打ってくる間、清ちゃんが代りに三尺の前に立ちまして。アルバイトだけれども、いらはいの清公だから、黄色い声でタンカがぶてるんです。

友さんはオール人絹のピラピラしたズボンをいいタンカで、いっぱしの値段で売っちまう腕のいい香具師でしたな。ポンを打ってなけりゃばね。

腕がいいから懐中が暖かい、札ビラが切れるからばくち、負けるから働く、夜昼とおし狂言になるからヒロポン、合間に短時間がっと眠ろうとするからアドルムと、物は順ですな。

当人は気合を入れてズボンを売ってるつもりなのに、三角眼になって客の胸ぐらをとったりしておりまして、ズボン屋がズポン屋になっちゃう。カミさんが心配して、

「清ちゃん、頼むわよ、しばらくやってて。亭主は病院に入れちゃうから」

なんてんで。

カミさんというのが十五年下で、多分、野郎はそこにはまったんでしょうな。いい気持でズボンを売ってやがるんで。

私はその頃、芽が出なすぎて、清公に金を借りたりしまして、

「なんでえ、しっかりしろよ、ばくち屋」

なんぞいわれて、ああもう、この道はあきらめて親もとへでも帰っちまおう、面目ない盛りですな。

だから野郎のことどころじゃない。しばらく生家のそばで細かいばくちをやっているうちに、なんとか息を吹きかえして、ときおり浅草へも遊びにくる。

国際通りの露店を二三度フラついても、野郎、居ないです。

――どうしやがったのかな。

けれども、私は友治の家も知らないし、もともとどの友人も路上の知り合いで、会わなくなりゃァそれっきりという仲ですから、奴のことばかり気にかけていたわけじゃありません。

私もまた出奔して、あちらこちらを流してる。どうも一度やったらやめられないですな。

あれは寒い時分のことでしたが、大勝館の角を曲がったとたんに、新公園や小劇場の楽屋口のある小路から、清ちゃんが、のめるように走りだしてきて、人を突っ転ばすように逃げていく。そのあとを十も年上の若い衆が二人、追っかけていきまして。

――ああ、野郎、居る、居る。

妙に嬉しくて、これでもう浅草へ来たかいがあったような気がしましたな。

ところがその小路から、ロングスカートの化粧の濃い女が現われて、同じように彼等の走り去った方を眺めている。よく見ると、カツ子でして。

「清ちゃんと、また一緒かい」

彼女は焦点の合わないような視線でこちらを見て、

「誰、あんた――」

「ダチッ子だよ」

「ポン、ない――」

「俺、打たねえ」

「そんなの友だちじゃないわ」

「奴は、なんで逃げてるんだい」

「知らないわよ、あっち行きなさいよ」

ロック座の前を通ると、スターの横にカツ子の小さな写真が出てまして、ストリッパーになってるんですな。

サトーサブローという旧知のコメディアンが出てまして、楽屋へ行って、いらはいの清公のことをきいてみると、

「ああ、あれ、ポン売り――」

「やっぱり、ポンか」

「ポン売りだけどもさ、品物のルートがないんだよ。手前《てめえ》が打つ分もなくて、逆に楽屋に買いに来たりしやがんの。まァ、フーテンだな」

何日かして、清ちゃんと会いまして、

「お前、ズボン売りじゃなかったのかよ」

「亭主が、病院から出てきちゃったもの」

「また、どうせ入るだろ」

「だめ。ヒロポンはすぐなおっちゃうから」

「清ちゃん、浅草を出ねえかよ」

「出て、どうする」

「どうするって、俺と一緒にさ」

「ばくちはできねえぜ」

「俺もばくちをやめるよ」

「ヘッ――」と奴は笑って、「やめるやめるって、やめた奴は居ねえ」

「俺ァ、やめるなんていわなかったぜ」

「それでどうするんだ、お前がばくちやめて、俺も薬をやめろってんだろう。それで他にすることがあるかい」

「ズボンを売りゃいいじゃねえか」

清ちゃんは、寒い時分なのに、うすい上衣を肩にひっかついでまして、

「俺だって、ヤミ市でタンカ売《ばい》、したことあるよ」

「お前はいいよ。山手の坊やだ。俺と一緒にするなよ」

「二十八まで生きたいといったろう。今のまんまじゃ公園でのたれ死する組だぞ」

「放っといてくれ」

その夜、ちょっと呑んで。別れしなに、野郎が、

「お前は、ばくち、やめることねえよ」

「お前も、ポン、やめねえつもりか」

「これが別れよ。もう浅草へなど来るなよ。お前なんか、目ざわりだ」

私はその頃、なかば本気で足を洗うことを考えていたんです。けれども、清ちゃんの前では、私がじたばた生き方を変えたがるふうな話はしない方がいいと思いました。

何故って、奴は、私のように替り目が自分にはないと思っていたんですな。私が、足を洗う話なんかしたら、本気で私を憎んだかもしれません。

私は奴にいわれたとおり、あまり浅草に行かなくなって、ちゃんと足は洗わなかったけれど、山手方面の盛り場で、どうにか日をすごしていました。私にもその頃は、年下の友人もできて、ざわざわ群れ集い、そうなると清ちゃんのこともあまり思い出さないんで。

それっきり。――のはずだったんですが、突然、後楽園競輪場の人混みの中で、ばったり。野郎は、青い派手な背広を着て、二つ三つ年上の女にぶらさがって、だいぶ景気よさそうでした。

「何してる――」

「マネジャーよ――」

そのセリフだけわざと、いらはい時代の黄色い声でな。

「何の――?」

「パチンコ屋」

私は笑いました。

「鼻が、ちょっと立派になったぜ。鼻だけ大きくなりやがった」

清ちゃんも笑って、

「そっちはどうだい」

「ぐれはま――」

「そうでもなさそうだが、ところで、ちょうどいいんだ。これ預かってくんねえか」

風呂敷包みです。

「――ヤバい品物だな」

「ヤバいんだ。命がけだよ。でもお前は大丈夫だ。ポン打ちじゃねえから。警察も、組の衆も、誰も目をつけてない」

「俺が持っていて、どうする」

「最終レースが終るまででいい。水道橋の駅の向う側のUという喫茶店、あそこのカウンターにあずけてくれよ。お前を信用してるぜ」

清ちゃんは特券場に行って、千円札で十枚ほど、本命車券を買うと、私の手に握らせまして、

「これ、来るよ。配当受けとって、女でも買いな」

私は小さな風呂敷包みを持って便所に入ると、上衣の下の腹のところに巻きつけました。

どうしてそんなことをする気になったんですかな。

例の車券は当って、五百四十円つけました。競輪の本命としてはおいしい車券です。ばくちをやらない清公が当てるなんて、八百長でしょうか。

なんにしても私は、緊張して次のレースの車券どころじゃない。九レースがバンクで発走になっていて、穴場を誰も歩いてない頃、私はそっと、誰の視線も避けるように、Uという近くの喫茶店へいきました。

カウンターとボックス二つばかりの小さな店です。いいあんばいに客はなし、私は腹のところの包みをだしてだまってカウンターにのせました。

陰気な五十男のマスターらしいのが、これも無言で私を眺めていましたな。

「清ちゃんというのに頼まれて、持ってきた。後楽園でだ」

マスターはカウンターの中を歩いてそばにきまして、

「――それで」

「それだけさ」

包みは私の前から姿を消し、私はコーヒーを苦っぽく呑んで、コーヒー代を払おうとすると、

「いいよ――」

マスターはなおも疑わしそうに私を見ながら、ドアの方に顎をしゃくりました。

また、話が飛びます。なにしろ偶然でなければ会わないんですから。

その頃はもう、芸能人や作家などのポン中による死が新聞をにぎわし、取締りもぐんぐんきびしくなる一方で。

けれども、とにかく清ちゃんは死にもせず、立派な鼻になってマネジャー業とかをやり、二十八になる前に、方々に父《てて》なし児を産み散らしてるかもしれません。まァ運がよかった方なんですな。

と、思ってたんですが、上野のガード下を渡ろうとしていると、ばったり奴に会いまして。あんまり恰好がちがってるんで、ちがう男かと思ったんですが、前歯の半分くらい欠けちゃって、痩せたせいかまるい眼になって、それも黒眼が点みたいに小さくまゝ中に浮いてるような感じで。

鼻だけ大きくてな。

「おい、歯をどうした」

「ああ、オートバイで、電柱にぶつかっちゃってよ」

それはもうはっきり嘘だとわかるんですな。以前の、むすっと男くさい面構えじゃなくなって、ふわふわ浮いてるような清ちゃんをミルクホールに連れこみましてね。

よく見ると、骨と皮なんですな。

「おい、働き口があるよ。住込みだから身体ひとつで行きゃいい。半年ばかりそこで暮して、まず身体を直しねえ。それからまた好きなことをすりゃァいい」

「働くって、何をするんだ」

「活字の字母屋さんだ。といっても素人でもできるんだよ。俺の友だちも何人もそこで世話になってる。不良少年のドックみてえなところだな」

他の小説にも出てきますが、本当にそういう奇特な人が居たんです。普通、そういう場合のようにお説教をするわけじゃなし、そのおじさん自体がばくち好きで、不良好きなんですな。

このあとで、Gという私の後輩を預けたら、Gが外で強盗をやっちゃってだいぶ迷惑をかけましたが。

野郎が、だまって窓外をぼんやり眺めてるから、話はついたと思って、私も人通りを眺めてたんで。

戦後の乱世が終りかけて、通行人が皆きれいな身なりになってるんです。

「お前、ばくち、やめたか」

「やめたかァねえが、もう勝てなくなった。やめなきゃしょうがねえ」

「フーテンのまんまか」

「まァ、そうだな」

私は、行こうか、といいました。

清ちゃんは、残っていたアイスコーヒーをぐっと呑み干して、グラスを口にくわえたまま、急に眼を剝いて私をにらみつけまして、

「畜生――」

いきなり、音をさせてグラスを嚙み千切ってな。唇が切れて血が流れる。破片をペッと吐きだして、

「行くもんかい――!」

「おい、おちつけよ」

「ふざけるなよ、手前、俺ァ俺でやっていくんだい。友だちみてえな面すんなよ」

私は、ポケットの銭をおいて、黙って別れてきました。

そうして、本当にそれっきり。

三十年近く経ちまして、だから、清ちゃんが生きてるなんて思ってなかった。本当に、ときおり夢の中に出てくる過去の人物だったんですから。

その頃私は、阿佐田哲也という芸名で、大昔のグレ公時分の話を小説にして、どうやら喰えておりまして。

近年になってからの友人の弟で、もう三十越してるんですが、まだグレの足を洗いきれない男が居まして、邦男といいますが、彼から電話がかかってきたんです。

「阿佐田さん、弱っちゃったんだよ。助けてくださいよ」

邦男の電話というのは、ろくなことがあったためしはないんですな。

「俺の兄貴分のTという人が居ると思ってください」

「うん、Tか」

「Tの昔の兄弟分に、清さんというのが居るんだ、知ってますか」

「知らない」

「知ってるよォ、嘘だろう。だって清さんがね、刑務所に居る時からさかんに阿佐田さんの名前を口にして、今度出たら挨拶に行ってやるんだっていってるんですよ」

清さん、ははァ、生きてたか、と私は思ってました。

「で、シャバに出てきたんですよ」

「うん――」

「俺が阿佐田さんを知ってるってことがわかって、挨拶に行ってこいってんです。だから俺、居所を知らねえってがんばってたんだ。でも、がんばりきれねえんだよ、なにしろ気狂いなんだから。殺すっていってますぜ」

「殺されるおぼえはないね」

「駄目だよ。ひどいポン中で、糖尿病で、俺たち社会でも誰も相手にしないんだ。ほんとに暴れるよ。ねえねえ、もうしょうがないから、あたしが中をとりますから、あたしにまかせてくださいよ」

「何をまかせるんだ」

「金だよ。なんかいって金が欲しんだよ。いくらかやってくださいよ」

邦男の話は鵜呑みにはできない。まァとにかく、本人をよこしなよ、といった。

「いいのかい、何するかわからないですよ」

「いいよ――」

私たちは同じ年でしたから、清ちゃんだって四十後半ですな。二十八どころか、うまく生きのびやがって。私はなにがなし、嬉しくもあって、三十年後のポン中がくるのを楽しみのようにも思っていました。

邦男の先導で、私の仕事場にのっそり入ってきた清ちゃんは、これはもう街で会ったら絶対にわかりっこありません。横巾が出て、ダブルの派手な背広で、頭髪こそ短いが私なんかよりよっぽど若いんです。

「お前、ほんとに清ちゃんか」

わはは、と奴は笑って、

「俺の方でもそういいてえよ。阿佐田哲也とは化けたなァ」

私はとにかく生存を祝って、上物のウィスキーを出しました。

「酒はあまりやらないんだがな。まァせっかくだから、一杯呼ばれるか」

ストレートで一杯、がぶりッと口にふくんで、

「肥ったなァ」

「清ちゃんも、電話の様子とはちがうぜ。血色もいいし、元気そうだ」

「見かけだおしなんだよ。身体はいい筈ないだろ。それに、ひでえ借金だ。保釈金も返さなくちゃな。この年で八方ふさがりよ。それで率直にいうが、一千万円、貸して貰いてえ」

私は机のひきだしから何冊かの貯金通帳を出して、彼の前に投げだしました。

「預金額を見てくれ。出入りは多いが、残っちゃいないよ」

「一千万だ」

「だから、それを見てみろってんだ」

「そうか、金はねえか」

「俺が残せる男と思うかね、よく知ってるだろう」

「うん、昔はな――」

「まァとにかく、なつかしい」

「ああ、お互いに、よく生きてきたな」

「古い知合いって――」と邦男。「どこでつながってたんだい」

「つながってやしない」と清ちゃんは怒鳴るようにいいました。「こいつは山手の坊ン坊ンだ。俺たちは生き方がちがう」

「そんなにちがいはねえよ」

「だがな、俺はいつも刑務所で寐てるときに思うんだが、あの頃、他の奴等はみんな忘れちゃったよ。不思議にお前のことはおぼえてた」

「やっぱり、友だちだろう」

「友だちじゃねえさ。友だちじゃねえが、こんな交際もあるんだな。おい、呑みに行こう。俺がおごるよ。フィリッピンの女ばかりを飼ってる店がある。お前に女をやるよ。お前は昔から、女ができなかったからなァ」

清ちゃんが「邦男――」といい、邦男がすぐに注射ケースを出し、清ちゃんも邦男も腕をまくりあげて、一発ずつ打ちこみました。私は三十年ぶりのポンの針を、ぼんやり眺めていました。

「百万円ずつ、十回だな。毎月、俺、借りに来るよ」

「無理だよ」

「いや、こっちも動きがとれねえんだ。百万円、十回だぜ。それはそうと、おい、フィリッピンの店に行こう。支度しろよ。心配するなよ、今夜は今夜さ」

清ちゃんは、私のことを、昔どおり、いろちゃん、といいました。

「いろちゃん、お前は文士、か、ギャンブル屋か、何でもいいや。金の話は別にして、会えて嬉しいよ。だが、これだけはおぼえておいてくれよ。俺たちは友だちじゃない。俺はギャングだ。昔も今も、さ――」

（「小説現代」昭和五十四年六月号）

奴隷小説

奴隷が居るといいと思う。私はわりに小さい頃からそう思っていた。もっともこういう想念はもともと子供のものかもしれない。

奴隷が居るといい。自分が奴隷になるのは、ちょっとかなわない。だから、そういう気持はできるだけ押し包まねばならないとおぼろげながらさとった。自分の都合と他人の都合はおおむね反するから、本当にそうしたいと思うことは、即ち、やってはいけないことに通じる。

奴隷という言葉がひりひりした快感をともなって印象づけられはじめたのは、アンクル・トムズ・ケビンを子供向きの絵入りの物語で読んだときで、もちろん抄訳だが、邦題は、アンクルトム物語だったか。文学的香気に酔ったわけではないから、私には抄訳でも完訳でも関係ない。

この物語は不思議な魅力を備えていて、私を変に刺激した。一見ヒューマンな立場から奴隷制度を否定しているように見えて、なんとなくそうでないところがある。エヴァという金髪の美少女が出てくるが、この奴隷所有者の娘は慈悲心に富み、その埒を越えて自分と奴隷との間の垣をなくそうとしたために、制度の上の垣根に加えて、奴隷たちの心までまるごと所有してしまうのである。校庭で体操をしていて身体をそらせて上を向いたとたんに、青空いっぱいに大きく大きく金髪の美少女が浮かんで見えたことがあった。そのとき私は、自分たちが汗臭い体操教師のものでなく、エヴァの所有物であればいいと思った。

誰かに所有されてみたい、という思いが案外に甘い愉悦と知ったのもその頃だ。むろん、その裏に誰かを所有してみたいという気持がひっついている。けれども、所有するということは、なんとなく、世にはばかることのような気がする。

当時は戦争中で、天皇の赤子、という言葉があった。しかし、どうも、チョビ髭を生やしたおじさんに所有されている気がしない。

私の空想の中では、私は同じ年頃の、乃至は少し年下の、かよわい女の子に所有されたがっていた。その女の子は、自分は人の上に立つべきでなく、またその力もないと思っている。そうして懸命に、自分が所有主であることを認めまいとしている。それゆえ、私はなおなおその女の子に忠誠をつくさねばならない。

「あのね、この世で一番ひどい目に会ってるのは、何だと思う」

近所に泣き虫の女の子が居た。私は彼女と、奴隷に関する話をして楽しもうと思っていた。彼女はしかし、意外な返答をした。

「一番ひどい目に会ってるもの——？」

「うん——」

「そうね、ええと、——お魚」

「魚——？」

なるほどと思った。私は眼を開かれる思いがした。

「踏んだり蹴ったりね、お魚、かわいそう」

「うん——」

「木とか草とかも——」

「——なあんだ。俺はまた、自分、ていうのかと思ったよ」

その女の子はいつもなんだか私たちと波長が合わなくて、甲高い声で泣いてばかりいるのだった。手放しで泣きながら家に走り帰ってしまう。そうしてしばらくすると路上に出て来て私たちの後をついてまわり、結局また泣いて帰る。近くの道筋で遊ぶ私たちはいずれも彼女を厄介者に思い、彼女のような存在になりたくないと思っていた。それでいて、なんとなく、泣かせないと気がおさまらなくなる。

しかし、私は魚屋の店先に立ったりして、ただもうひどい目に会うために生まれてきたように見える魚たちを眺めるようになった。ところが、そんなことを意識したとたんに、食膳にあがる魚や獣肉がひときわ美味になった。肉のみならず、米も野菜も生きていた頃があると思うと、なんだかひりひりしてきて、喰べる楽しみとはこれかと思う。そうして、自分には彼等を喰べる資格とか権利のようなものがあろうとは思えない。そこがなおのことよろしい。

奴隷を所有するなどという想念は、あらわにしてはならないものだという気がして、その想念自体にスリルを感じていたのであるが、そう思って世間を眺めてみると、大人たちはその種の欲望を特に隠そうとはしていない。むしろ、精神衛生の点から、ルールにのっとりながら適当に発散させているように見えた。

人間の奴隷は表向き許されないが、愛玩動物というものがあって、厳密に所有物にし、飼い慣らしたうえで、可愛いがる。一方また、逆に嗜虐の対象として存在しているような大小の生き物が居て、人間はおおむね欲するままに優越感を味わえるようになっている。そうして大概の人間は、所有物を愛玩することと、嗜虐の対象にするものと、その両方を同時に使いわけて対しているようだった。

私の生家の庭に住みついているように見える蝶が居た。それは黒揚羽で、彼女が卵を産みつけるところを偶然目撃したが、同じ細木の同じような部分に、毎年、卵が産みつけられており、それが孵って蝶になっているようだった。春先から夏にかけて、例年、大きな黒揚羽が庭先のどこかに居り、風のない昼さがりなど、部屋の中にゆらゆら舞いこんでくることもある。特別に馴れ親しんでいるわけではないが、なんとなく顔見知りの間柄であるかのように思える場合がある。すくなくとも他の蝶は、人が居るときに部屋の中に入ってきたりしない。庭に立っていて、おや、居ないな、と思っていると、屋根の方から疾風のようにおりてきたりする。そういうことを意識しはじめたのもその頃からで、なぜか、私の家の庭しか知らない実直そうな蝶がいくらか哀れに見えた。

どうも、人間と、そうでない生き物との見境いがつかない。見境いをつけてはいけないという気持からではなく、実際、ごく自然に、私とそれらの生き物とは五十歩百歩の存在のように思える。すると、犬猫と蝶、蝶と魚、魚とゴキブリ、なんであれ境い目が漠然としてきて、一方で境い目をつけていないのにここで境い目をつけるわけにはいかないという気になってくる。たとえば、細菌というような眼に見えない物などは、さすがに実感が湧かなかったが、やっぱり境い目をつけるわけにはいかない。現世というものが、その面でひどくこんぐらかったものに見える。そのへんを強引にまとめると、自分がたくさんの奴隷に囲まれているように思える。そうしてまた、自分もその奴隷たちと五十歩百歩のようなものにも思える。

生家からさほど離れていない雑司ヶ谷の林の中に、小さな乗馬クラブがあって、いっとき、息を呑んで眺めていた。五十歩百歩の差にすぎないものが、ここでは神と奴隷とに別れている。人間たちは小銭と人参を支出するだけで、小さな馬場の中でほぼ全能を満足させているように見えた。父親が私に人並の誇りを持たせようとしてそんなところに連れていったにちがいなかったが、私はここでは、魚や獣肉を喰べるときのようなコクを味わえなかった。

他人の騎乗を眺めているうちはよろしい。私は自分の想念にふけって、神の身になったり、奴隷の身になったり、またその両者の理想的な関係を描出したりして楽しむことができた。自分で、馬具で束縛した生き物に跨がってみると、自分が神とはほど遠いものであることがつくづく身にしみた。そのうえ、私に奉仕しているかに見える生き物に、奉仕の意識がなく、ただ規則と惰性に従っているだけであることがはっきりわかった。

もっと姿勢を正しく、偉そうに反りかえって、と教官がいった。

元気を出さにゃいかん、と彼はまたいった。馬は下僕なんだから、怪我させなきゃ何をしてもいいんです――。

私はせいぜいのところ、規則を楯にとる奴隷商人のようなもので、エヴァではありえなかった。自分がみすぼらしかった。

最初からうまくはいかない、何でも練らにゃァ恰好にならん、と教官はいった。当時は日独伊三国同盟が結ばれて居り、英米仏とは険悪な空気だったが、教官は英国贔屓で、こんな話をしてくれた。

ドイツ人は力の強い大きな馬を好んで生産し、そのかわり馬銜《はみ》をきつくして馬の口もとを固くし、大きな馬を力ずくで御すことを楽しむ。英国人は柔かい馬銜を使い、敏感な馬に仕立て、騎り手のかすかな指令を馬の方に積極的に嗅ぎとらせるという。実際にそうなら英国人の方がエヴァと同じで、苛酷な要求を馬にしていると思った。

泣き虫の女の子を私たちはエー子ちゃんと呼んでいた。私が六年生の頃、四年生ぐらいだったかと思うが、彼女の一家は、坂を昇り降りしたあたりに転居し、私は人見知りだったけれど、そっちまでときどき遊びにいった。はじめはちゃんと玄関で名乗りをあげて彼女の部屋にあがったりしたが、そのうち、正式には訪れなくなった。というのは私はよく学校をサボったりして素行の悪い子ということになっていたので、気がさしたのだ。私はもっとも頻繁に校庭の隅に立たされる生徒で（厳粛であるべきときに空気を乱すという理由で）一人で立っている私の前を、全校生徒が並んでそれぞれの教室に入っていく。私の従弟もその中に居た。エー子も下級生の列の中に居たはずだが、どんな顔で私を眺めていたろうか。もっとも私は、従弟をはじめとする私の素行をあまりよく知らない下級生にはばつのわるい思いをしたが、エー子に見られていることについてはほとんどなんとも感じなかった。だって、ふだんエー子は泣いてばかりいて、およそ恰好のわるいところだけを私に見られていたからだ。

私はエー子を誘って、外濠で釣りをしている人を眺めに行ったり、駄菓子屋で花火を買って遊んだりした。学校で処罰を喰っているときのことは話題にしない。エー子も何もいわない。彼女はおよそ、自分から話題をつくるということをしない子だった。しかし此方から話題をつくればわりと口数が多い。泣き虫だが、けっして暗い子ではなかった。当時、悦ちゃんという芸名の映画の子役スターが居り、断髪の尖端をちょいとしゃくるように縮らせており、エー子の髪型がそっくりだった。

「真似っこなんかするなよ。お前がやったってちっとも可愛くなんかないぞ」

「――これ、天然パーマよ」

　その言葉も当時さかんに使われはじめていた。私はエー子の髪の先に手を触れた。白い首筋にひよわそうなほくろが二つも三つもあった。そういえばエー子は色の白い子で、華奢なうえに眼も鼻も細く、特に笑うと眼が糸のように細くなった。そうして歯も小さくて赤い歯ぐきが上唇の下にチラチラのぞいた。彼女の唇は赤みが濃く、くっきりした形を保ちながら柔かそうでこれは魅力的だった。

　あるとき私は、彼女の片頬に笑くぼをみつけた。どうしてか長いこと気づかないでいたが、笑くぼというものは育つにつれてできるものだろうか。

　私が中学にあがる頃、彼女は災難にあった。大人の会話を小耳にはさんだだけなのでちゃんとした説明ができないが、要するに、夜寐ていると、顔の上に電球が落っこちてきて、割れたらしいのである。

　彼女はしばらく路上に出てこなかったし、私も見舞いにいかなかったので、だいぶ会わなかった。

　私が辛うじて入学した中学は、戦時下の空気のせいもあったが、もともとスパルタ的で、さっぱり規律に染まらない私は連日がんがん殴られた。明るい気質の教師は面白がって殴ってくる気配があり、屈託ありげな教師は私を見るといらだって殴らずに居られなくなるらしかった。それで私は多量の涙をこぼす。そういう涙というものは甘い愉悦に通じるものがあり、教育という見地からすると、結局教師の骨折り損なのだった。私ははからずも自分が奴隷になったような気分で、痛苦と甘味を一緒に味わっていた。

往復の電車の中や、生家の自分の部屋や、眠るときなど、いつも学校のなどよりはるかに苛酷な処罰や辱しめを受けている自分を想像した。そうすることで自分の気持にバランスをとっていたのかもしれない。しかし、私を罰するのはけっして教師ではなかった。なんだかわからないが、罰して貰いたいものから罰せられているのだった。したがってそれはもう処罰ではなくて、私が熱望する儀式のようなものになっていた。

空想の中では、私を罰する者の方の役柄も同時に演じていた。なんだかわからない。しかしわからなくてもそのキャラクターになることはできる。それは、能うかぎり、清く優しく伸びやかである必要がある。力弱き者でなければならない。それでいて決定的に権力を有する者だ。しかも当人はその品格のせいで自分の持つ権力を納得していない。

そのものを演じていると、おちんちんが猛るようにふくらんだ。罰する身が刺激するのか、罰される身が刺激されるのか、おそらく両方だったろう。ある日、突然、品格高き存在がエー子の顔になった。

そのことは私を非常に驚かせた。ところがそうなってみると、他のどんな人を当てはめるよりも刺激的だった。

エー子が電車通りの文房具店から出てきたところに偶然ぶつかった。彼女の災難以来の対面だった。彼女の細い鼻柱に、小さなみみず腫れの跡ができていた。

エー子が足をとめて私を見ているうち、表情が変り、エーン、と泣きだした。いつものようにだったが、どうして泣いたのかわからない。私は彼女の前にしゃがんで、泣いている彼女を見守り続けた。私は自分では、ひざまずいているつもりだった。

「エー子、そんな傷こさえて、お前、お嫁にいけんぞ――」

と私はいった。

「だけど、どうせ、お前、お嫁に行けんもんなァ。お前を好きになる子なんか居らんよ」

私はそんなことばかりいった。私はエー子の母親も姉も嫌いだった。彼女も年とったらあんなふうになるんだろうと思っていた。ところが私の空想に現われるエー子は、実際のエー子そのものだったにもかかわらず、すごい美少女なのだった。黙って立っているだけでも可憐なのだが、不満そうに口をとがらせたり、泣きだす前に唇をゆがませたり、表情がまったく少女そのもので、私の主人たるに少しもふさわしくない。そういう彼女に礼拝したい。

中学の帰りに彼女の家のある道筋に寄り、エー子をつかまえて近くの原っぱの草叢の中に坐った。

中学が制定したズックの中に板を張った大きなランドセルを私は背負ったまま、草の中で四つん這いになった。

「エー子、ちょっと、乗ってごらん」

ランドセルを背負ったままでないと、彼女の足さきが地面についてしまうだろうと思ったからだ。

「どうして――」

と彼女はいった。それがいい。彼女は自分が尊いものだと気づいていない。しかし、こういうことをしているうちに、彼女を刺激していって、いずれ、私を召使うことを不遜なことに思いながら、その魅力に負けておずおずと命じてくるようにしてみたい。

エー子ははじめ私の肩に手をおいて、私に寄りかかるようにしながら尻を乗せてきた。それから私に促されて、跨がった。彼女の重みで私は身体を熱くさせた。

「どうだい――」

「――ランドセルで、お尻が痛い」

私はランドセルをとった。今度はエー子のお尻の肉のじとっとした感じが、私の上衣をとおしてはっきり感じられた。しかし彼女は両肢を地面につけて、私に負担がかからないようにしていた。

「そんなに身体を固くしないで、楽にして。――馬に乗ってるみたいだろ」

「――わからない」

「偉くなったような気分がしない」

「――しないわ」

私はしばらくそうしていたが、彼女はやがておりてしまった。

「――ねえ、重かったでしょ」

これはよかった。彼女はうっかり、本当の馬か使用人にいうようなことをいった。

「軽いよ、エー子なんか」

「足を地面につけてたものねえ。ほんとに乗ったら重いわよ」

「じゃ、もう一度、乗ってみな」

彼女は動かなかった。そのかわり、私の名を口にして、いつかきっと、私の家にお嫁さんになっていく、といった。

「駄目だよ――」と私は答えた。「俺はお嫁さんなんていらない」

そうなの、と彼女がいう。

「俺はエー子の、家来になりたいんだ」

「――何故」

「何故でもいい。そんなこと訊くなよ」

私はエー子の家に遊びに行って、むろん家人にさとられないようにであるが、彼女の座敷用の馬になっていた。彼女がトイレに行くというと、私は彼女の兵児帯を口にくわえて乗せていく。エー子が出てくるまで這って待っている。トイレばかりでなく、母親の眼が盗めさえすれば彼女に家の中を歩かせることはしなかった。但し、エー子はそれが遊びだと思っていたようであるが。それでも少しずつなれて、跨がるときに遠慮しなくなったり、ときには笑いながら、ハイドウ、といったりした。そういうふうになれてくることを最終的には好まなかったけれど、途中経過としては必要なことだと思っていた。

私は彼女の唇に口をつけようとも思わなかったし、言葉遣いも乱暴なままで変えなかった。すべてこれまでどおりのままで、ただ私の正式な身分は、彼女の小間使い、でありたかった。

しかし、エー子には私を召し使っているという意識がなかなか芽生えなかった。そうして私の方も、せいぜい馬になるだけで、彼女の拘束がさらに深まらないのを歯がゆく思うようになった。

私はそう時日をへずして、エー子に処罰されたいと願うようになった。奴隷というものを想像していたときはそれほどとも思わなかったけれど、形ばかりでも実感が湧いてくると、処罰されないようでは、下僕に生まれた甲斐がないような気がしてくる。

その頃、私はいつどこでも、エー子を背に乗せて動いているような実感があった。校庭で跳躍台を見ると、彼女を乗せてあの上ではずみをつけ、そのまま下へ跳びおりれば、彼女の重量で背骨が痛むかもしれない。エー子がそう命じてくれればいいが、と思う。

ウンコをしているとき、溜まった肥壺の中にウンコが軽々と落ちていき、全体がクッションとなって二三度揺れたりすると、ああ楽そうだな、と思い、エー子をウンコにしてやりたくなる。

彼女を背に乗せているとき、私はわざと少し反りかえるようにして呻いた。

「あゝあ、重い、苦しい――」

私はちがう反応を期待していたのだが、エー子はすぐに背中からおりてしまって、身体を縮ませてしまう。

「ごめんね――」と私は機先を制していった。「怠け者だからな、俺は。おりることなんかないよ」

しかし彼女はその日もう乗らない。

エー子の勉強机の上の一輪ざしをわざとこわしたことがある。そのとき彼女は、泣いただけだった。

――此奴はぐずで駄目だ、と私は胸の中で毒づいた。自分が主人だってことがわからないんだから。

彼女は私を兄のように思っている。なんとかしてその気持を変えて貰わなければならない。牧場の牛や馬は所有主の名入りの焼印を押されるという。キリスト教では子が産まれると洗礼させるというし、ユダヤ教では割礼だ。そういうわかりやすい儀式をエー子の手をへておこなえるといい。すると、いかになんでも、彼女が私の神様だということに気づくだろう。全能の快感を彼女も知るだろう。

私が中学に入った年の十二月に太平洋戦争がはじまって、戦争はいよいよ烈しさを増してきた。私たちは内心で、自分も兵隊の予備軍で、まもなく戦場で死んでしまうのだろうと思わないわけにいかなかった。ぐずぐずしていると、エー子の自覚が充実しないうちに、誰のものともつかない形で命を捨てなければならない。

エー子の家で兎を飼っていた。当時、自給自足のために家庭菜園を造り、また家畜として小動物を飼うことがはやり、役人たちもそれをすすめていた。兎は、仔のうちに町内会から配られ、ある程度育つと、毛皮をとるのだといって、回収して買いあげていく。

エー子の家の兎は、はじめ木箱の中に住んでいたが、あるとき木箱の一部がこわれて外に出てきてしまい、その折りに野良猫が入りこんで夜になると木箱の中を寝場所にした。兎の方はかんじんのときに巣に戻れず、それきり庭のあちこちで寝るようになった。

丈夫な兎で、巣はとられたものの野良猫の攻撃にも耐え、冬の寒さにも耐えて二冬を越した。むしろ、木箱に閉じこめられていた頃より闊達に生きているように見えた。

そうなってみるとエー子の家の人たちは、兎にも、野良猫にも、見境いなしに餌を与えているようだった。庭に面した縁側に、腹の空く時間になると猫たちが現われ、だまって室内を眺めている。猫が喰べ物を貰って姿を消すと、兎が縁側の同じところにうずくまっている。

彼は孤独で、庭の草の茂みにじっとひそむようにして寝ており、闊達な中にも屈託ありげだったが、猫よりははるかに家の人になついていた。仔の頃は部屋の中にあがりこんで、糞をおとしながらエー子のあとをついてまわったという。生育後はあがりこまなくなったが、誰かが庭に立ったりすると、どこかから飛びだしてきて、まわりを飛び廻った。

兎は、満月の夜に配られてきたとかで、満夜《まよ》という名がついていた。そうして、毛皮のために回収がきても、応じないでいた。エー子だけでなく、家内の皆がかわいがっていたのだけれど、兎はエー子に一番なついているようだった。

「――だって、あたしが一番小さいから、友だちだと思ってるんでしょう」

「泣き虫だからだろう」

「兎は泣かないわ。強いわよ。近頃は猫たちとも連携して、仲間のように一緒に走り廻ってるわ」

私はこの兎に眼をつけた。彼に犠牲になってもらうつもりだった。犠牲という言葉は不愉快きわまる言葉だったけれど、自分だってぐずぐずしていると、少しも望んでいない死に方をしなければならない。

私は、ある時期から特に、生き物を迫害することができなくなっていた。釣りを眺めていて刺激を受けたりするが、自分からは手を下さない。

それがこのときはちがった。少しも意識しなかったけれど、或いは、兎に嫉妬していたのだろうか。

冬の夜、エー子の家の枝折戸をあけて庭に忍びこみ、兎をつかみだして私の家の方まで抱いて走り、家の前の防火用の水槽の中にぼちゃんと投げこんだ。そうして木蓋をした。

かすかな水音の気配を、眼をつぶって聴いていた。荒物屋の主人が、前に、鼠の入った鼠とりを防火用水の中に沈めたのを見たことがあった。私は寒さに慄えながら、なおしばらくじっとしていた。それから、耐えられなくなって木蓋を取り、中でもがき泳いでいる兎を掬いあげた。

またエー子の家まで走っていって、兎を庭の中に投げこんだ。

翌日、学校の帰りにエー子の家に寄った。私が訊くまでもなく、兎は縁側で、菓子折りの中に厚いネルの布でくるまれていた。動かなかったが、生きていた。

「どうしたの――」

「朝、ガラス戸をあけたらね、満夜があがりこんできたの。珍しいでしょ。抱いたら身体が熱くてね」

「病気か――」

「風邪をひいたのね、寒いから。母さんは、兎は下痢したらもう駄目よ、っていうけど」

「下痢してるのかい」

「ええ――」

「クレオソートがあるだろ。あれ効くんだよ。でも毒消しならなんでもいいや。やってみたら」

「大丈夫かしら。人間が呑むものあげて」

「だから一粒じゃなくて、けずってさ、ほんのすこし――」

その翌日、寄ったら、兎がいつのまにか居なくなった、という。

「薬が利いて元気になったのかもしれない」

「それならいいけど――」

その翌日も、その翌日も、寄った。兎の姿はなかった。あれ以来、出てこないという。エー子と一緒に私も、床下やら家かげやら、近所まで探した。

とうとう私は告白した。はじめエー子は私が薬を呑ませた結果のわるさを詫びていると受けとっているので、私が水に落したと告げた。

「叱っておくれ――」と私はいった。

彼女は泣かなかった。私はエー子の前に平伏した。

「どんなひどい目に会ってもいいよ。なんでもして謝るよ。死刑にでもなるよ」

「嫌ッ――」

とエー子はいった。思いもかけなかった強い声で、

「嫌ッ――」

ともう一度いった。エー子は申し分なく凜然としていたが、私の股間のものは熱くならなかった。


彼女とのつながりは、それっきりなのである。その後私が訪ねても、彼女は出てこなかった。私は私で、どこかで恥じているようなところがあって、強引に押しかけていくことをやめた。そのうち私は勤労動員で学校から工場の寮に入り、そうして空襲でエー子の家は焼けた。

エー子のことを忘れたわけではなかったが、私の方も不始末がたたって学校から本格的に処罰され、敗戦と同時に私の方でも学校を見限って、乱世を幸い、巷をグレてのし歩いた。十代の終りから二十代のはじめまで、四五年の間は特に荒れていた。もっとも私は、特別のすごし方をしているとはそれほど思っていなかったが。

巷でグレていると、不思議に巷の女たちがたくさん寄ってくる。本グレでないといけない。堅気や半堅気では、彼女たちは逆に自分を何等かの意味で高く売りつけようとする。私たち

には逆だった。乱世のせいもあったかもしれないが、私などにも、掌に指をこっそりこすりつけて誘ってくる女たちが降るように居て、そういう暗号は女たちの方から発信されるものとばかり思っていた時期があった。私はばくち場では一丁前にふるまっていたが、大人子供で、まつわりついてくる女たちをいつもはぐらかしてばかりいた。

女との経験は、戦争中に工員の先達に連れられて小さな娼家に行き、貧しい経験があったが、ほとんど完遂したとはいえなかった。私はまだ、エー子とのケースのような関係の方を大事に思っていた。

グレの世界から半分足を洗いかけた頃、かなり年上の女の部屋に仮寓していた。どういうきっかけだったか覚えていない。気立てのいい、苦労性の女だったが、私はその女ともいざとなると満足に果すことができなかった。不能というのともすこしちがう。女の身体の上に身をおくと、寒々しい風が吹くような気がして、萎えてしまうことが多い。

女は、過度のばくちと薬がいけないのだといって、その二つをやめさせようとした。しかし私はそのせいばかりとも思っていなかった。私はばくち常習でその筋から眼をつけられている身だったが、そんなことも実はたいして大きくは考えておらず、奴隷小説でもそのうち書いてやろうかなどと暢気なことを思っていた。

その頃だったと思う。新聞の三面記事の隅っこに小さく、屠殺場から夜半に逃げだした馬のことが記されていた。その馬は品川から海岸伝いにどこまでも駈けるのであるが、次第に追手にとりかこまれ、人家の密集した袋小路に入ってしまう。

どこまで駈けても自分の世界がない馬の運命が刺激的だった。自分も五十歩百歩だと思いたいが、やはりそれは甘い愉悦にすぎないかもしれない。私はそのとき横で寐ている老けた女を眺めた。ただ横になっている限り、私の股間の物はいつもいきり立っており、女は先を楽しむように、毎夜、私のものを握りしめたまま眠りに落ちていた。

(「すばる」昭和五十七年八月号)

吾輩は猫でない

高速道路で小型トラックが横転し、満載されていた豚が道路を右往左往して交通を渋滞させた、などという記事がときおり新聞にのっている。

豚が、計画的にトラックをひっくりかえしたわけではないが、積荷が野菜や木炭だったらはるかに始末がよかったことはたしかで、したがって、豚が人間の日常を邪魔したという印象を呈する。内心でそう思っていなくたって、渋滞にまきこまれたいらだたしさをすべて豚のせいにして、どこからも不都合の声はおこらない。

新聞記事は全国の弥次馬向けであるから、ここのあたりがなお無責任になる。警官だかガードマンだか自衛隊だかの働きによって、不遜にも束の間の自由を得た豚どもは結局狩り集められ、ふたたび家畜の身となった、ざまァみろ、アハハ。なンだかだと小動きしてみても明日は屠殺場を経由して、ハムかトンカツになる身ではないか。

この種の三面記事に限らず、新聞記事というものはおしなべて概念的であるが、とりわけ家畜をあつかった記事は昔から同一パターンである。豚ならブーブーとかトン死、牛ならモゥとかギューとか、使い古された地口を臆面もなく使い、ユーモアとしてはもっとも低級な優越の笑いに終始している。しかし、それはこれらの記事が依然として人々に愉快の念を惹き起こさせ、満足を与えているからであろう。どんなに恵まれない人でも、家畜と自分を比較すれば打ちしおれた気分がうすらぐ筈だ。

私はマゾヒストで、人間に二種類あり、ごく当然のごとく図々しいことをやる型と、恐縮しながら図々しいことをやる型とあるが、つまり私はその後者で、優越感にはそれほど執着しない。むしろ劣等感を愛する。しかしそれゆえに優越意識にも深い関心を抱くので、私が幼い頃、もっとも愛読したのはアンクル・トムズ・ケビンに代表されるような奴隷小説であった。小学校の校庭で体操をしていたとき、頭上のまっ蒼な夏空いっぱいに、奴隷たちに敬慕されるエヴァという白人少女の姿が大きく現われてびっくりした覚えがある。

奴隷がいるといいと思う。それは理非の問題ではないので、おそらく当の奴隷以外のすべての人間がそう思っているだろう。事実、人間は自分たち以外の生き物にそれをみつけた。

昨年だったか、競馬雑誌の読者投稿欄にこんな話がのっていた。

東北のある乗馬クラブは、雪のため利用客の途絶える冬の間、充分な管理を放棄してしまっている。外壁もない小屋の柱に馬たちは短い鎖でつながれ、横になって休むこともできず、骨と皮、鞍ずれのため背の肉が露出し、人を乗せるどころか馬自体の歩行さえおぼつかない。で、見かねた有志が、関係者に訴え、結局その市の各役所立ちあいのうえで、なにがしかの飼料代を送り、馬の管理に責任をもつことを約束させた。

その結果、馬たちは殺されて肉屋の店頭に並ぶはめになってしまった。クラブの経営者は肉屋も経営していたという。新しい肥えた馬たちが買い整えられ、その経営者の手でさらにその奥の土地が買いつけられてクラブは規模を増大しつつあった。

夏が終り、冬が来たとき、新規の馬たちは又もや骨と皮になってしまったという。ペンキを塗ったかのようなゴワゴワのたて髪、ボサボサとのびた冬毛、背に雪を積もらせて、馬たちはしょんぼりと、30センチほども積もった馬糞を鼻先きでかきわけて寝ワラを探したりしているという。

今、馬の潰し値は、約五万円くらいか。これは最低評価額だが、ダブついている老朽競争馬を安く買いたたけば、人々の概念よりもずっと安い代金で購入できる。すくなくとも、きちんとした馬舎を建て、何人もの人をやとい、高騰している飼料を喰わせてひと冬遊ばせておく経費にくらべたらずっと安い。経営者は、だから、馬を、毎年の消耗品と考えるのである。

べつに珍しいことではない。私の知人ははじめて一頭のサラブレッドの馬主になり、その調教成績がかんばしくなくてなかなかレースに出られず、出費ばかりかさむので業を煮やして、

「ああ、早くレースに出て、足でも折っちゃってくれることを祈ってるゝだがなァ」

レース中の事故死には馬主に対して慰労金が出るからだ。一級品はのぞき、下級条件の牡の古馬などは、時間をかければなおる怪我でもすぐに薬殺してしまう。馬主はその方をむしろ喜ぶので、怪我をしない場合の売却代よりも慰労金の方がはるかに高いからである。

「馬はまだ完全な消耗品になってませんから――」

とこぼす調教師が居る。もっと発展して消耗品そのものになれば仕事がやりいいといっているのだ。おそらくこの調教師の言葉どおり、競馬は発展していくだろう。

競馬に限らず、この傾向はどんどん助長されていくだろう。何故なら、罰というものが実はないのだということを人間がすっかり覚ってしまったからだ。人間中心主義という言葉ができ、思想とは、人間が、よりよく生きていくための思考をさすようになり、人間を超越した理非はナンセンスなものになった。あるのは罪ばかりで、だから、罪にさえならなければ何をしてもいいのである。

十年ほど前、珍しく概念的でない新聞記事を見かけたことがある。社会欄の最下段の小さな記事だったが、私は感動してそれを切り抜き、しばらく机のひきだしの中へ入れておいた。私はしょっちゅう引越しをするくせがあり、何年かするうちにまぎれてなくなってしまって、今ここにその文章を引用できないのが残念だが、大要左のような話であった。

品川の屠殺場の繫索をひき千切って逃げた一頭の馬があり、制止の声をかいくぐり海岸端の舗装道路を逸走した。深夜だったがぽつりぽつりと人眼があり、彼等の訴えですぐに何台ものパトカーが出動する。しかしこの馬は狂ったように疾駆し、蒲田あたりまで駆け抜けたそうである。はじめ海岸端の大通りのはずが、いつのまにか人家の密集地帯に入りこみ、とうとう袋小路に迷いこんでしまう。

騒ぎで起きだした男たちや警官に、歯をむきだし、前肢をあおって抵抗したという。

たったこれだけの話であるが、晩春の夜気の中を、どこまで走っても自分の世界を見出せない馬の姿が、今でもシルエットとなって私の胸の中に残っている。

昔、私は家出をして、どういうわけか、生家から二十メートルほど離れた友人の家に半年ばかり居候をしたことがある。

友人は大工さんで、新世帯を持ち、居間と台所と天井裏の物置きと、それだけのマッチ箱のような家を建てたばかりだった。何故、そんな近くの、新婚夫婦のところへ割りこんだのかわからないが、そんな近くでも、もう死ぬまで親の顔は見ないという気分にはなれるのである。

私はそこの天井裏に寝ていた。天井裏にも窓があって、ある日ひょいと見ると、生家の飼猫が窓の外の屋根にちょこんと坐って私を眺めている。そのうちのそりと入って来、連日のように屋根伝いに歩いて遊びにくるようになった。大工さんは私と猫とをいっしょにかかえこんじゃったわけである。

当時私は、いつも外をほっつき歩いていたので、留守のときは窓のガラス戸を閉めておく。私が居ればよいが、居ないと、猫はまた生家の方へ戻っていくわけで、そのときのしかつめらしい顔つきを想像するとなんとなく笑いがこみあげてくる。

私はマゾヒストだから、犬はもちろん、猫でもみずから進んで飼育しようという気はおこさないが、私の父親は犬好きで、よく飼っていたらしい。あるとき飼犬がジステンパーにかかり、庭先きで係員に薬殺されて以来、それがショックで猫の方に転じた。附言すると、ある種のサディストは奴隷をかわいがることによってなお完全な奴隷にしようとする。英国ふうのヒューマニズムという奴にその臭いがある。

私の父親は、他の部分に人間として深いものをいろいろと持っていたが、元軍人のせいか、なんにつけ自分が指揮をとらねば気がすまず、ほぼ習性的に自分以外のものに階級をつけて眺めた。

猫は、家の中で最下級のものでほとんど自立を認めがたい。しかし猫はそうは意識しないから、猫と父親の関係はいつも衝突か断絶かの二筋道しかない。父親、母親、私、弟、猫、家の中に厳然とあるかのごとき階級を、まず最下位の猫が踏み破っている。

私は成人するまでずっとこの父親を内心で尊敬しており、私を教育した唯一の人物で、そのためこれに反撥することが生甲斐になっていた時期があった。父親の唯一の趣味が碁で、だから私は碁石を一度も手にしたことがない。一度も海に身体を入れたことがないのは父親が海軍だからであり、そのクソ忠誠心のおかげで、幼い頃から一貫して天皇、に限らず権威を尊敬したこともない。もっと重要なことでいえば、父親のおかげで、私は何かと何かを比較するという癖を身につけようとしなかった。

どうせ比較するならば絶対者とくらべればよろしい。そうでない限り比較根性は下劣である。それはそうだけれども、比較しない、中途半端な評価をしないということは、言葉を変えれば、見境がなくなるということである。これがどうも始末がわるい。

その時分、教師が、君は将来何になりたいか、という設問をして、席順に隅から答えさせていった。私は答えようがない。何になりたいわけでもないし、そういうことを考えようとしない。時がたてば大人になるだけであるし、番がきたらそう答えるより仕方がない。

私の席のうしろの生徒まで順番が来、次に教師は私を黙殺して、前の席の生徒の名を呼んだ。


私は生家を出て、外をほっつき歩いていて、道路に寝たり、あちこち流れ歩いていた期間が長いが、といってまるっきり生家に寄りつかなかったわけでもない。

なんとなく、すうっと帰って、寝ちまう。

いつ姿を現わすかわからぬ私のために、生家の玄関は四六時ちゅう鍵がかかっていない。私が甘やかされていたというより、その方がまだしも私にかかわらなくてすむからだったろう。甘やかすほどの経済的余裕はずっとなかった筈で、にもかかわらず、私は一人で勝手な生きざまをしていた。

父親の眼から見たら、誰が見てもだが、これ以上、不出来な息子は考えられなかったろう。無秩序、無個性、無気力、私はその標本であった。できうるかぎりそうなろうと思い、傷ひとつ背負わずに、すうっと生家に戻ってくる。猫のように。これでもなんとか生きられるぜ、と私は父親にいいたくてたまらなかった。その頃、私にとって他の人間は居ないと同様だったから、父親以外は見境などつける必要がなかった。

父親は、私が生家に戻るたびに確実に老いていた。私はそれまで懸命に父親と張りあって追撃しているつもりだったが、実際は、いつのまにか私の方が、ただ若いというだけの理由で、生き物として優位にたっているのだった。年齢というものは、マゾヒストの私にも、サディストの父親にも、同じように残酷なもので、愚かな若者が全面的に勝利をおさめてしまう。若者は決して本格的な勝利など望んでいないのに。

あの頃、私たち親子はどんな関係よりも濃い、お互いの生存を賭けるに近いつながりかたをしていたと思う。私は生家に戻ると、父親の身内に残った誇りを潰すまいとして身動きがとれず、にもかかわらず外に居ると、突然、すうっと戻りたくなる。戻ると、万年床の中に横になり、ただただ、父親の老いの気配をうかがっている、そういうことのくり返しだった。

玄関の左手にひとつだけ離れた小部屋があり、そこが私の部屋とされていた。すうっと戻ってもそこなら家族の誰とも顔を合わせずに入れたのである。

納戸が突き出た変則の六畳間で、小机と万年床と雑本の山で畳など見えない。中央部の土台が落ちて畳がくぼみ、寝るとクッションのようになる。

　柱が傾いているので襖はぴっちり合わさらない。窓の部分は横木もしなっていて、そのため、戸袋から雨戸が出かかったところで動かなくなり、元にも戻らず、そのまま。その内側の障子の紙に穴があいている。

　私が居ない間、誰もタブーのようにしてその部屋に入らないので、万年床はかびくさくじっとりと湿気をふくんでいる。

　ある日、私が寝ていると、猫が、一匹障子の破れたところから顔をだした。むろん飼猫ではない。しばらく私を眺めていたが、こちらが動かないと見て、部屋の中に入ってきた。

　気丈に夜具のそばまで来て、紫色の大きい眼で私の方をうかがっている。

　私が居ないとき、ここは野猫の巣になっていたな、と思う。しかし私の方にはべつにどうするというつもりもない。いつのまにか眠った。寝苦しくて胸の上の重たいものを払いのけようと無意識に手をのばしたとたん、ぎゃおっ、と鋭い声がし、したたか指先きをひっかかれた。

　障子の破れ目からちょうど月の光がさしこんでおり、その光の溜りで猫はケロリと身体をなめ廻すと又布団の上に這い進んでくる。邪険に払いおとす。すると今度はそこにうずくまって私を眺めている。うとうとっとすると又身体が重いので寝返りを打つ。そんなことをくりかえしているうち、ひょいと眼をさますと猫は居なくなっている。

　そう寒い頃ではなかったし、猫も居続けをするわけではない。しかし私と同じように突然すうっと入ってくる。すると庭木のあたりで他の猫の鳴き声がきこえたりする。

例の大きな奴でない、精悍そうな黒猫が入ってきたのはそれから三四日後で、彼は存外遠慮がちに私の足もとの方に転がって、我が身を舐めまわして汚れをとっている。いつ入ったのか、ぴちっとしまってない押入れの襖のかげから白猫が、いれかわりに外へ出ていったりする。

べつに感心するていのことではない。しかしそう長い日数がたたないうちに、キジ猫や三毛やトラ猫や赤黒ブチや、かなりの数の猫がこの部屋に出入りすることを知った。彼等は連れだって二三匹で来ることもあり、私にはなんの気配もきこえないのに突然総員で部屋を退去していくこともあった。

消防自動車やパトカーのサイレンの音がきこえると、皆で天を仰いで遠吠えをはじめる。又、一匹が喉のあたりをくぐもらせるように大きく鳴きはじめると、すぐに庭の方で反応があって、植込みの間を不必要なほど足音をさせながら走り寄り、窓枠に飛びつき、何か叫びを発して部屋の中に飛びこんでくる。

その次、ふらっと生家に戻る途中で、私は煮干を一袋買った。けっして、猫たちと馴染みになったつもりはない。飼育する気もまったくない。行きずりのプレゼントのつもりである。部屋の隅に袋をおくとそのとき居合わせた二三匹が、コクリコクリと残らず呑みこんでしまった。

「噛まなくちゃいけねえぜ、よく噛めよ」

私は頰杖を突いて横になりながらそういった。猫の腹を撫でてみると消化しない煮干のためにごつごつしているような気がする。

その頃は猫たちも、私を黙認して、私にかまわず、てんでに夜具のあちこちで眠るようになった。

そうして、この方が実は画期的なことがらなのであるが、ある日、例の障子の破れ目から、カマキリがひょっこり顔をのぞかせたのである。

彼はしばらくあたりを見廻していたが、やがて、鎌をふりたてながら、のそりと窓枠の内側に入りこんできた。猫たちが上眼使いに彼の気配をうかがっている。

カマキリが窓枠から小机の上におりたったとき、一番近まに居た猫が上半身を伸ばし、二嚙みほどで呑みこんでしまった。

次の日はバッタが入ってきた。彼は嬉々としてそこらじゅうをはねまわり、押入れの襖にへばりついたとき、様子を眺めていた一匹に喰われてしまった。

どうしてそうなるのかよくわからないが、それから一週間ほどするうちに、いろいろな小動物がむやみと入りこんでくるようになった。兜虫がくる。金花虫、黄金虫、髪切虫、蜥蜴、蝦蟇が紙の破れ目を押し開くようにして窮屈そうに入ってくる。猫の入居を許容した以上、他の生き物を拒否するわけにはいかない。しかし彼等は、蝦蟇をのぞいて例外なく猫に喰われてしまうのである。

蝦蟇だけは小机の下にひそんで喉のあたりを震わせている。蛇が入って来やしないかと私は思った。私は見境がないが、蛇だけは苦手である。

しばらく留守にして、すうっと帰ってきてみると、部屋の中は雑多な生き物の気配でいっぱいになっている。結局は猫に喰われるけれども小動物の数はなにしろ多い。そうして猫ばかりでなく、誰も、私が帰ってきても驚かない。

考えてみると、私だって、何故この部屋に帰ってくるのか、わけがわからないのであり、彼等の行動に首をひねることもない。私が猫たちに喰われないのが物足りないような気がする。そう思いだしたとき彼等との交際が成立しだしたのかもしれない。

バッタの脚や、兜虫の角のかけらや、トンボの羽などがいたるところに散乱している。鼠を喰った痕跡もある。小さな眼玉が二つ、そして尻尾だけを残して鼠は全部喰われてしまう。私はそれ等にいっさい手を触れないでそのままにしておくことにした。

その部屋で眠って、眼がさめてから頬にさわってみると、泥足の跡がいくつもついている。私が寝ている間も皆はさかんに遊んでいるのである。

猫たちはよく生きたままの鼠をくわえて戻ってきた。すぐに喰べる様子はなくて、ただ追い廻して鼠が弱って動かなくなるまで遊ぶ。それから一気に喰ってしまう。

鼠の方にもいくらかの個性があって、最初から身をすくませてすぐにくたばってしまうのもあり、部屋の隅に追いこまれても勇敢に猫に向かっていくのもいる。私も放っておけないから、よつん這いになってその争いに参加するようになった。たいがいは鼠を側面から援護してやる。

彼等と一緒にいそがしく動きまわって、

「ブーッ――！」

息を鼻から一気に吐きだしたり、

「ギッ、ギッ、ギッ――！」

歯を噛みならしたりする。そういうことをして、べつに面白いというわけではないが、よそよしく寝転がっていても仕方がない。

冬には、電気ごたつに布団をかぶせ、スイッチを入れたままにして外の世界に行ってしまう。ふらっと戻ってきて足を突っこむと、私の足が入った分だけ押しのけられた連中がぎゃァぎゃァ騒いで噛みついてきたりする。

しかし猫たちも安穏というわけにはいかないので、しょっちゅう少しずつ消えていく。人為的なものか、自然の趨勢かしらないが、いっぺんに大量に居なくなることがある。

ある夜、帰ってみると押入れの中で呻くような鳴き声がしていたが、しばらくして白猫が姿を現わした。彼は低い鳴き声をたてながら、ゆっくりと部屋を一周し、窓のそばに行って外に出ようとしたが、なかなか飛びあがれなかった。ふと見ると口から涎を流している。猫は死ぬ前に自分の行動半径を巡り歩くという。

玄関前の石畳で、身体を毬のようにさせて飛びはねている猫もあった。私の背丈ほどもはねあがり、それがだんだんと弱まっていって闇の中へ消えてしまう。

どんな理由かわからぬが、そんなふうにして猫たちが次々と死んだらしい頃があり、次に戻ってみたとき、部屋の中は何も居なくなっていた。それから後、ときおり様子をうかがってみるが、彼等の子孫であるはずの野猫たちは振りむきもせずに部屋の外を素どおりして行ってしまう。

私一人、まだその部屋と縁が切れていない。私にとって、交際をしたといいきれるのは父親と、そして彼等で、この二筋がまず頭に浮かぶ。どんな関係であろうと、本格的につながりをつけるのはそれほど簡単なことではないので、今の私にはそうした厄介を背負いこむだけの体力がない。

（「話の特集」昭和五十年九月号）

蛇

私はこれまでに〝受験〟という奴を二度経験している。一は小学校、二は中学校である。そのうち小学校は二度受けているので、正確にいえば三度の経験となるが、たったそれだけで、自分の意志で、それをする年齢になってから以後は、とうとう一度も〝受験〟したことはない。

小学校の二度目のときも普通の義務制の学校だったので、簡単な身体検査が主で、受験というほどのものではなかったように記憶する。その半月ほど前に、高等師範の附属小学校を受けた。

むろん本人に主体性はない。安い学費で上級校までベルトにのれるのが狙いで、親が企画したものだ。けれども当日、父兄同伴で蝟集した大勢の子供を眼の前に見て、私は充分緊張した。父親が晩婚で、四十すぎのはじめての子であった私は、それまでこうした種類の緊張感を経験したことがなかった。いつも親にひっつくか、一人で何もしないか、どちらかだった。で、父兄から引き離されて子供たちだけで講堂に並ばされたとき、肌に痛いこの世の空気に最初に触れたような気がした。

私はどうにかして〝受験〟が成功するように念じはじめた。何故だかはわからぬがこんなところに整列させられてしまった以上、是非成功しなければならない。というのは成功ならば今日のこの新らしい空気にそのまま馴染んでいくだけでよいが、不成功となると、そこでまた別の私になることになる。それがおぞましかったからだ。

なるべく、というか、できうる限り、変化しないこと、私はもともとそれを望んでいた。その場所の居心地はどうでもかまわない。じっと我慢していればそのうち慣れてしまう。ただ、新らしい場所に移ることだけは勘弁して欲しい。引っこみ思案で怠け者の発想である。むろん、生きている以上、一刻一刻変化しないではいられない。小さな変化もあるし大きな変化もある。牡蠣が貝殻に吸いつくように、私はいつも、今得たばかりの現在地点に執着し、なんとかそこを離れまいとしながら結局引き剝がされ押しだされてしまう。

私はずっとそういう生き方をしてきた。怠け者にはちがいないが、けれどもある意味では此の世の定則と、絶えず無益な戦争をくり返していたようなものだ。新らしい衣服を着せられまいとして、母親の顔を爪で裂いたことがある。入浴も、散髪も、洗顔も、大事件であった。飯を喰うことも嫌いだった。そうしていつも敗れてそれ等のことを実行するはめになり、意に反しながら育ってきたのだった。

私は半裸体になり、現役生徒の誘導で講堂の中を転々と移動しながら、背丈や体重を記録されていた。そうして、鹿のようにキョトンと耳を立て、怯えと憤怒とで神経を昂ぶらせながら、何故か知らぬが半面でひどく闘争的になっていた。実際私は両親に教わったとおり、検査の大人の前に出るたびにお辞儀をし、直立の姿勢をとっていた。身体検査が終ると各教室に分散した試問官の前に出て次々と面接のコースを踏んだ。そこで何を訊かれ、どう答えたか、一切の記憶が淡い。成功したかその逆だったかの判断も自分ではできない。午後になって再び講堂に集まり、別の設問を受けた。そうして私はそこで、大仰にいえば生涯忘れぬであろう強烈な経験をしたのだ。

講堂で私たちはこんなことをやらされた。直径十センチほどの白い球を両手で持って二十メートル先まで走り、そこに立てられた旗を廻って元の場所に駈け戻ってくるのである。私たちは列を作り、名前を呼ばれてハイと答え、一人ずつ進み出てこの運動をやらされた。長い机に七八人の大人が顔を並べて控え、その後方に父兄たちが群れてざわついていた。笛の音が合図で私もコースとして示された白線の上を走った。べつにそれほどむずかしい運動ではなかった。走って、旗の根元を廻ろうとしたとき、旗棹に白球が触れたらしく、つるっとすべって転がり落ちた。球は鈍く弾み、ころころと転がってピアノの方に行った。私は仰天して立ちどまり、球を見、白線を見た。白線のコースはそこで九十度転回してスタート地点の方に伸びていた。しかしこの瞬間、私は遺憾なく闘争的であった。横合いのざわめきの高まりを感じながら、球を追って走った。ピアノの手前で追いつき、手を延ばしたが、一瞬の差で球に触れることができず、白球はピアノの下にもぐりこんだ。私の中で大戦争がおこった。寸前まで、或いは勝てるかもしれない他者との争そいであったものが、些細な事故のために、必ず敗れるにちがいないいつもの内面戦争にすり変っていた。

私はしゃがんでピアノの下に入った。しかしそのとき球はピアノの下をくぐり抜けて、平行棒の下に在り、私の手が平行棒に届いたときはその奥の飛び台の下に入りこんでいた。私はもうすこしでいきなり笑いだしてしまうところだった。実際、周辺で失笑の気配もおこっていたのだ。人はこうした苛酷でナンセンスな現実にどう対処しているのだろうか。すくなくとも私のこの場合、笑うか泣くかしてすっぱり手を引いてしまうのがこの現実に対する一番ふさわしい処分ではあるまいか。必ず負けるならば、敵も自分もともに無視して華と散ってしまうのが利口なやり方というものだ。私の心にはもはや受験も親たちも無かった。それなのに、私はのろのろと球を追う態度をやめなかった。累々と重なる死屍の上をひたすら進む兵士のように、平行棒をくぐり、飛び台の下に入った。私を嗤う白球に手が触れた。私は飛び台から這い出し、平行棒とピアノをくぐり、白線から遥か離れた地点をバタバタと駈け戻った。それが私の惨敗した姿だった。

私は儀式を憎んだ。そうして又、人生の要点が儀式によって成り立っていることも覚った。たとえば学帽だ。たとえば徽章であり、ランドセルであり、草履袋であり、カラーの大きいシャツであり、校服であり、新調の靴であった。近所の小学校に通学するについて、こんなにも多くのそれまでと変ったものを身につけなければならず、辛うじて以前の形を保っているのは私の小さな肉体だけという有様だった。もし、こんなふうな奇矯な恰好で通学するのが世界じゅうで私一人ということなのだったら、どんなにか気楽だったろう。私が息苦しくなってしまうのは、誰もが、例外なく、同じようにしているという点に起因していた。小学校へかようのに、通学する恰好になるということは、常識以前のごくありきたりの原則のようであり、人々は諸事万端、その原則を呑みこんで暮らしているようであった。

けれども、何故、それがいいことなのだろう。この世のどこにも白線など敷かれていない。実態は、球ころころの飛び台の下潜りではないか。私たちは結局原則に捻じ伏せられて生きてしまうが、たとえそうであっても、苦もなく原則を呑みこむのは恥ずべき所業ではあるまいか。

私は決して自分から進んで便所へ行こうとはしなかったから、いつも便意になやんでいた。小学校へかようようになって、学帽、ランドセル、草履袋などを持たされ、とうとうそれが自分でもそう不自然に感じないところまで来てしまった腹いせに、このことだけは決していい加減のところで妥協すまいと思っていた。学校に居るときは、家に帰るまではしないと腹にいいきかせていた。家に帰ると明日、学校でしようと思う。そうしておいて他のなにか楽しそうなことを一生懸命考えようと努める。学校へ行けば、家、家、家、である。家に走りついたときの嬉しさ、そして又、それを明日学校でと折伏しはじめるときの猛烈な便意。何日かそれをくり返していると他のことは何も考えられなくなる。むろん教師の声など耳に入らない。便意と格闘するために学校に行き、家へ帰ってひたすら逼塞するという案配だ。七日目だったか、下校の途中、苦悶のために道路ででんぐり返しをはじめてしまった記憶がある。

ある日、私と一緒に下校してきた子は、私の様子に不審を抱いて別れた後も私の家まで尾けてきた。そうして玄関の三和土いっぱいを汚して便の海の中に腰をつけている私を発見した。

実際私はいつも五日目か六日目には刀折れ矢尽きてしまうのだが、多くの場合便所へ駈けこむのを潔しとしなかったので、朝礼の行進の最中に大きな塊りをズボンから落したり、修身の時間に教師の訓話を圧して四方に噴き散らしたり、猫のように原っぱに埋まりこんで自爆したりした。大便小僧という仇名がつきかけたが、もし私が教師や級友から愛されていたならばこの仇名も恒久的なものになっただろう。

席の順に指名して解答を命じるとき、担任教師は私の隣りの生徒までその順番がくると、私を飛び越して横の者を指名するのが常だった。彼はなんとかして私にかかわりあうまいとしていた。生徒たちも私のそばに寄ってくる者はすくなかった。ある夕方、当時私と遊んでくれる数少ない級友が彼の家の門の前に立っていることを認めて、遠くから急ぎ足で近づいたが、いつのまにか級友の姿はなくなっていた。彼は門扉の裏に隠れて、息をひそめて私の通りすぎるのを待っているのだった。もっともそうしたことを私が不満に思っていたわけではない。私も自分を好いてはいなかったから。

ずっと後で、中学の後半の頃、誰一人私を愛していないという状況に直面して大分へこたれたことがあったが、この時分の私はもっとずっと強かった。私は愛されなくとも平気であった。人を愛したり、助け合ったりしようなどとは微塵も思わなかった。そんなものより数倍も上廻る困惑を抱えて生きていた。その困惑はある時期、便意によって代表され、ある時期には別の事柄で代表されたが、結局それは単一なものではなく、学校へかよっている間は学校全体にふりむけられていた。学校は私を日々新たな人間にしようとしていたし、私は家庭と学校しか知らなかったから。ある日、教師が出来の悪い生徒にも発憤の機会を与えようとして、誰でも答えうるような問いをわざとした。皆が手をあげたが、私一人じっとしていた。教師は辛抱づよく私が手をあげるのを待っていた。隣りの生徒が小声で答えを教えてくれた。その生徒は執念深く、私が手をあげるまで二度三度とくりかえし教えてくれるのだった。その息声が何にも増して恐ろしくきこえ、私は身体を固くしてじっとこらえていた。教師がついに私の名を呼んだ。それから彼は捨てぜりふのようにこういった。糞、苦虫をかみつぶしたような顔をしておる。

又ある日、習字の時間で私たちは静かに墨をすって居り、教師は背を向けて黒板に手本を書いていた。うしろの席の生徒が、私の墨のすり方が悪いといいだした。彼は私の頬に自分の墨をなすりつけ、このくらい濃くしなくちゃ駄目だい、といった。私は冗談に、小刀を持って席を立ち、笑いながら彼のそばで身がまえた。ところが私は途中から笑えなくなった。大きな嵐のようなものが私の身体を襲った。えいやッ、教師にきこえないようにいって彼の首を斬る真似をするつもりが、首ではなく彼の肩に、力いっぱいその小刀を突き刺していた。その事件は小一年の間、尾をひいて教室に残った。

ある日、登校するためにいつもの大通りを歩いていたが、学校への道をまがらず、どんどんまっすぐ歩いていることに気がついた。それはその日はじめての経験だったが、すぐに、学校へ行かないためにこうして歩いているのだと覚った。冷めたい雨が降っている日で、私は右手に傘を持ち左手に草履袋をさげていた。そうして便意と戦いながらどこまでも歩いた。私は学校へ入る前の、散髪や入浴を一日延ばしにしていた頃を思い出していた。学校に行かないということは充分魅力があったが、同時にこう思った。これはつまり、学校へ行くのを一日延ばしにするということだな。いつか大きな力が加わって、私を学校へ連れ戻すだろう。でもそれまでは学校へなんか行くものか。

しかし結局それは卑劣なことであったかもしれない。仮想敵は、私が学校に在る限りいろいろな形に拡散してあったが、こうして一人になってみると、学校というひとつの観念に集約されてしまい、いかにも私の掌の上にでも乗りそうな感じになった。私はそれを望んでいたのか。けれども、そのかわり困惑の量は増えた。私は歩いた末に、靖国神社の境内のはずれの相撲場にポツンと立っていた。肩も手足も濡れそぼれて居、便意がしきりに募った。見廻り人や人夫等がときどき周辺に現われたが、そのたび私は薦の山の陰にかくれた。そうして気休めにこういうことを考えた。これは悪いことなんだろうか、それとも悪くないことなんだろうか。

そのほかに考えることはなかった。くり返すが当時の私に〝不安〟という奴は芽ばえていなかった。現実は球ころころの飛び台の下潜り。意味も意図も捕えられやしない。そう考えれば〝不安〟でないものはない。私はこのまま学校へ行かずに、永久に体制の外へはみ出てしまうとしても、それ以外に道がないと思うことができた。当時、私は多量の困惑を、生きることそのものに匹敵するような困惑を抱えこんでいたので、〝不安〟などの混じる余地はなかったのだ。そのため私は、誰にも、私自身にすら始末においかねるような塊りとなり、その点で、球ころころの飛び台の下潜りが持っている無意味さに拮抗できる存在になっていた。乱暴にいえば、この頃までの私は、人間ではなくて、球ころころの飛び台の下潜りそのものだったのだ。

私は自分で予測したように、毎日大通りをまっすぐ歩いて靖国神社の相撲場に行くようになった。下校時間までそこにじっとしていた。学校に居るよりも遥るかに退屈で、もし私が、球ころころの飛び台の下潜りそのものとちがう点があるとすれば、我慢をしているということだったろう。

ところがそうしたある日、驚愕すべきことが起ったのだ。私は相撲場の中段あたりに腰をおろしてうつむいていたのだが、何の気なしに唾を吐いた。眼の前に短かい草の一株が生えており、私はそこに向かって続けて唾を吐こうとしたのだが、口を開きかけたとき、何かわからぬ固形のものが唇を押し開いて、うっと飛びだしてきた。それは小さな蛇だった。蛇は光りの化身のように私の眼前の空気を切り裂き、二つ三つうねる形になって消えた。私はすぐに周辺を見廻し、人影がないのを確かめたうえで、そそくさと立ちあがり、かなり離れた場所に移って腰をおろした。何故、蛇が私の唇の中に居たのか、合点がいかなかったが、私はこのことは誰にもいうまいと思った。

（未完）

（「文学者」一九七一年二月号）

鳥

うすら寒くて、いやな日です。

今にも、細い雨が、音もなく降ってきそうです。

ぼくが学校を休んでいるので、家では昼間はテレビをつけません。父が、ぼくにくれた目下の標語《スローガン》は、自粛、自習、です。

このまま休んでいると、弟に、すぐに学年を追い越されるでしょう。ところが学校を休みはじめてから、ぼくは急に弟をかわいく思いはじめました。ぼくの話相手は彼一人だったし、なんだか世界が小さくなって、そのかわり安心して自分で居られるようでもあり、ぼくは弟に甘える気分で、彼の帰宅を、毎日、心待ちにしていたのです。

で、弟が帰ってくると、すぐに、うすぐらい子供部屋で、今日これから何をして遊ぶか相談しました。そのときはろくなことを思いつきませんでした。すると、いい案配に、父が普段着のままどこかへ出かけていきました。

風呂へ行くかい、と弟がいい、いいとも、とぼくも応じました。ぼくらはこっそり銭湯へ行って遊ぶことを覚えたところでした。裸になって、流し場で、相撲をとるのです。思い思いの力士になった心持ちで、お湯を塩に見立てて撒き、塵を切り、四股を踏み、仕切直しをします。あくまでも自分が扮したつもりの力士の取り口を踏襲して相撲をとらねばなりません。弱い力士はその力士らしく負けるのです。そうして砂まみれになった身体を気にしつつ、多少の屈託を抱いて花道をひきあげるのです。

弟と一緒じゃなかったら、気恥しくてやれなかったでしょう。また、そんなことをすっと呑みこんでやる友だちなんてなかなかみつからなかったでしょう。誰かが眺めていても、ぼくらが本当は何をしているのか、相撲だという以外にとてもわかりにくい、そこが気にいりました。ぼくらは調子に乗って、某力士の断髪式というのをやりました。けれど、髷を切って観衆の前から退場したあと、どうするか、判然としなかったので、湯にあたたまりながら、床屋が来るだろ、とか、紋付を着かえて洋服になるんじゃないのか、とか、親方や後援者に挨拶する、とかいっただけで、その人のそれからの永い一生について、確たることは何もわかりませんでした。そうして、そこを想像していくのが、きわめてこくのある楽しみに思えました。

ぼくのポケットの小銭は、二人分の銭湯には足りました。けれども、ぼくは炊事係だったから、この時間だとマーケットで夕食のための買い物をしなければなりません。父が、そこいらに、夕食のための小銭をおいていかなかったか、探したけれどみつかりませんでした。ぐずぐずしていて、座敷で相撲をとったりしましたが、裸でないので気分が出ないのか、弟は二三番でやめて、ちょっと本屋まで行ってくる、といいました。

立読みなら自分も行こう、と思い、すこしあとから外に出るともう細い雨が降りだしており、弟がぼんやり家の前に立っています。

静かな日だったのに、すうッと風が吹きはじめ、気圧も変ったらしく、頭の先からうしろにひっぱられるような気がしました。

弟が、筋向いの家の勝手口をのぞきこんで、小さい女の子を誘いだしました。彼女はいつも新しい玩具を持っているのですが、そのときは重箱くらいの大きさの硬い箱を持ってきました。箱の中央に塔のように突出した部分があり、そこに小銭を入れる穴があります。

「おくれ――」

「いや――」

彼女は舗装されていない路地のところで、一人で泥をかきまわしています。

弟は、ぼくの掌から小銭を一つつかむと、

「ほら、これでさ――」

彼は辛抱づよく女の子の気が変るのを待って立ちつくし、やっと白い小さな玉を一つ貫いました。そして二本の指で、それを空中にかざしました。はじめ飴玉かと思ったけれど、どうやらそれは玉子のようでした。

「なんの卵――？」

「鳥――」

と弟がいいました。

「そんなに小さくて、鳥が出るかい」

「ああ――」

小さいばかりでなく、それはぶよぶよでもありました。

弟は彼女を見習って、柔かくした泥の中に卵を突っこみました。

いつのまにか小さい子たちが寄ってきて、皆、黙って少女の手元を眺めています。彼女がいじっているのはただの泥なのに、それぞれの想像を楽しんでいるみたいです。

たいした時間ではなかったのだけれど、もうちょっとでぼくは家の中にひっこむところでした。柔かな泥がかすかに動きだして、草の芽が吹きだすように、白い小さな物がぱくぱく動きながらいくつも現われました。小指の先よりまだ小さくて、薄い護謨《ゴム》の袋のようで、袋の口を上にして立っています。その口の部分がぴこぴこと動いているのです。

女の子は、他の子たちが手を出さないように、

「見ててね――」

といって、いったん家の中に入り、ビニール袋を持って現われ、袋の中から、白菜の芯みたいなものをつかみだして、泥の上におきました。白菜の芯みたいなものも、小さな傘のよ

うに立って動きます。

それが鳥らしいのです。鳥は護謨袋たちの間をせわしなく動きまわって、なにか自分の意思を袋たちに伝えようとしているかに見えますが、それがなんだかわかりません。そのうち鳥は無性に癇がたつらしく、袋たちからはずれてくるくる廻りはじめます。

子供たちは皆満足そうに、黙ってその様子を眺めています。護謨袋たちはなにも喰べている様子がないのに、少しずつ色がくろずんでいき、いくらか大きくなってもいるようです。手足が生えてくるわけでも、眼鼻がつくわけでもないが、眼に見えて発育はしているようで、このぶんだと彼等の幼年はほんのわずかのうちにすぎ去っていくのでしょう。

弟の埋めた卵も、ようやく孵りました。護謨袋が一つ、一人子のようなその袋を掌に乗せて、彼はチラとぼくを見ました。

鳥が、不意に、ぎゃ、ぎゃ、と小さく鳴きました。すると袋たちが、いっせいにぴこぴこをやめて、袋の口を鳥の方に向けます。弟の掌の上の一人子も、同じく鳥の方に向いて動きをとめています。なんのことだかさっぱりわかりません。わからないけれども、子供たちは多分それぞれ想像をしているのでしょう。

父がどこからか帰ってきて、ぼくの掌に小銭を握らせます。で、ぼくは大急ぎでマーケットに行って、料理しなくともよい野菜のてんぷらと、父のための刺身を買って戻りました。

たったそれだけの時間なのに、路地の中は、護謨袋が砂を撒き散らしたように増えており、白菜の芯の小さな奴も点々と混じっていました。小さくても白菜になるとそれぞれ独自の動きを見せ、個性も特長もあるようですが、それがどんな個性なのか、想像をたくましくする他はありません。

ぼくは台所から持ってきたサランラップを弟に手渡しながら訊きました。

「あれはどうした――？」

「どれ――？」

「はじめに居た鳥さ」

「――あれ、かな」

でも定かにはわかりませんでした。そんなことより、弟は自分の掌の上で小さな白菜の芯になった一人子を、サランラップで包むのに懸命でした。

「どうして包んじゃう――？」

「蟻んこが、居るから」

白菜たちは泥の柔かいところに行って、てんでに卵を産み落していました。卵からはやがて泥を蠢動させて護謨袋が出てきます。ぎゃ、ぎゃ、と小さく鳴く以外、無言の世界で、しかしたくさんの護謨袋がぴこぴこしているので、少しも眼が離せません。

これだけ早く成長するのなら、彼等がどうやって死に至るのか、それも見られるのでしょう。当然のことながら、白菜たちの中には倒れて動かなくなってしまうのがあります。泥の中に居る小さな虫に侵蝕されてしまうのでしょう。護謨袋の方もぴこぴこをやめて乾いたようになってしまうのも居ます。事故死や病死はわかるとして、やっぱり彼等の寿命が見たい。

一生をすべて眺めるのでなければ、彼等というものが幸せだったか不幸だったか、判定もできないし、ひいては彼等というものを理解することもできません。

それに、この遊びは結局そこまで行くでしょう。寿命がつきるところまで行かなければけりがつきません。もっとも、あとからあとから産まれてくるわけだから、すると、どこで終るのでしょう。

白菜も護謨袋も、路地いっぱいに増えて、はじかれたものたちは舗装された道路の方まで溢れて居ます。

女の子はそれらを整理するように、白菜の芯を一羽ずつ、ビニール袋の中に取り分けだしました。子供の一人が、蟻んこを指でつまみ、隙を狙ってビニール袋の中に落しこみました。あッというふうに、女の子が袋の口をすぼめます。しかしもうおそく、袋の中が壮烈に揺れ動き、白菜の端っこがぶつぶつと袋を破って外に突き出し、彼女はたまらず袋を地面に落しました。水分が飛び散り、黒い大きな蟻んこが蟠踞し、別の蟻たちが四方からかかっていきました。

子供たちは熱心に眺め、彼女も子供たちの方は見ずに、白菜たちの方へ気をとられていました。彼女はビニール袋をさかさにして屍体をふるい落すと、別の白菜たちをしまおうとしました。

すると、そこへ、彼女の母親の声がかかったのです。

「――御飯ですよ」

もう暗くなっていました。

「早くいらっしゃい。又明日遊びましょうね」

子供たちは散りかけました。しかし女の子は、少しの間、ビニール袋の中に白菜たちを入れようとしていたのです。

「後を片づけるんですよ。ほらほら、散らかして、お邪魔になるでしょ」

母親は、小さなバケツに水を張って、路地に水を撒きました。それで白菜も護謨袋も、大半が溝に落されて、ゆっくりどこかへ流れて行ったのです。残って地面にへばりついたものも、夜の間に虫に喰われてしまうでしょう。

ぼくは、弟が例の一人子をどうするか、眺めていました。彼はとぼとぼと家に入りかけて、少し迷っているようでしたが、サランラップの包みをほどくと、金魚の池の中に、ぽちゃんと捨てました。


（「新潮」昭和六十二年一月号）

＊

＊

対談　博打も人生も九勝六敗のヤツが一番強い　嵐山光三郎と

嵐山　小学校のころ、一番印象に残っていることってどんなことですか。

色川　まあ、グレてましたからね。いろんなことがあるんですけど、しょっちゅう学校サボって遊んでるでしょ。一度だけ、五年生ぐらいのとき、なんとなく家に帰りはぐれちゃってね。ふつうは、学校サボって、学校が終る時間に帰宅するんですけど、なにかの理由で夜になっちゃったんです。それで、どっかで寝なくちゃしようがないと思って、浅草の裏側なんかにいくつもあった小公園の一つに入りこんでいったんです。ルンペンとかがずーっといて焚火なんかしてるでしょ……。

嵐山　こわくなかったですか。

色川　こわいっていうか、遠慮して、トイレのそばのちょっと土がジクジクしてるようなとこへ行ってランドセル枕にして横になったら、おばさんだのバタ屋だの、そういうのがめずらしがって声かけてくれるのね。ちょっと離れたところから、「おい、坊や、新聞紙」とか言って投げてくれたり。

嵐山　そりゃ、めずらしいですよ（笑）。

色川　で、その晩、朝まで寝返りうったりなにかして、ときどき焚火にあたりにいったりしたね。それでね、そのときすごくおぼえてるのは、そんなところで上を向いて寝てると、急に星空が低くなってきたような感じがするのね。星がいっぱい見えてきたり、ふだんの感じよりも。盛り場の裏側ですから街灯もついているけど、何か星が降るようでね。

嵐山　近く見えるわけですね。

色川　ええ、で、冷え冷えとしてきたりね。

嵐山　ドラマですねえ。

色川　中学生のころも、戦争中に、明治神宮のお祭なんかで、学校でかがり火をたきに行かされたりしたときの冷え冷え、もあるんだけど、でも、オレはあの五年生のときの冷え冷えのほうがなかなか印象的だぞ、なんて思ったりなんかして。

嵐山　すでにそのくらいの年のとき、そう感じていらしたわけですか。

色川　ええ。口ではくわしく言えないけど、土のしめった感じとか、星空の低くなったような感じとか。

嵐山　なるほどなあ、なんかいいなあ。

色川　いやいや、学校をサボってレビュー劇場なんかに行くでしょう。そうすると、当時はマイクが悪いからガアガアいうんですよね。これが外が嵐のような音に聞こえるのね。オレが小屋に入って知らないうちに風雨が強くなって、もう都電も止まって、みんな小学校からうちへ帰ってるのにオレだけ帰らないっていうような感じがするんですよ。一刻も早く外に出てみなきゃいかんと思うのに、なんか、椅子からケツが離れないのね。もう、舞台で何やってるかも目に入らない。とにかく、うちでオヤジがどんな顔してるとかね。それでどうしても帰れないで、しかも同じものを二度見ちゃったりして、そういうのが毎日だから、楽しいなんていうことはない。あれは中毒するとそういうものなんです。

嵐山　まだそんな映画館ありますね。

色川　あんまり学校サボって、学業が遅れるから、夜、塾へ行かされた。それをまたサボって寄席なんかにいると、終りの方になると、なんか高座の時間が長いように思えるのね。ちょっと遠い寄席へ行ったときなんか、終電車がなくなっちゃうんじゃないかと思って、ジリジリ早く終わんないかなと思ってるのね。じゃあ帰りゃいいのに、終りまでいるんだよ（笑）。あの味が、中毒すると、これが最高という感じになるの。だからいまだに締切りが近づくとあのジリジリがよくって（笑）。

嵐山　急に本の整理なんかしたり。

色川　物事きちんと片づける人はいいけど、こう、だらしないと何だか拡声器からあの雑音が聞こえてきそうで。

嵐山　博打はそれと関係ありますか。

色川　直接はないけど、そういう気分というのがね。こんなことやっちゃいけないっていうジリジリがね。とくに破滅が目に見えてるだけに、何か一つ芽が出たらやめようと、そう思えば思うほど、そのジリジリに中毒しているっていう感じです。辛抱のしっこなんですね、お互いに。で、やめなきゃいかん、やめたら負けっていうことです。

嵐山　でも、博打はその辛抱がいいわけじゃないでしょ。

色川　本来はね。だけどその辛抱に中毒するんですよ。マゾヒズムなんだな。

嵐山　ぼくが博打、全然だめなのは、辛抱すると、あとで嫌だったなと思っちゃうからなんだな。博打に向いてない。
色川　簡単に言えば博打ってのは勝つために、勝ち方についてくわしくなりゃいいんだというふうになるんだけど、実際やってみると、負け方のコツっていうのが意外に重要なんだね。負けるときに致命的な負けにならないようにね。
嵐山　全勝ではいかないから……。
色川　そう。柔道の受身みたいなものを練習しなきゃならない。そうすると勝ち方と同じように、負け方にも力が入るんですよ。こうなってきたら中毒の第一歩でね。そのうちにこのジリジリが、負けてるときが面白くなる。こうなるともうだめなんだ（笑）。
嵐山　負けを最小限にしようということなんですか。
色川　もちろんそういうこともあるし、その負けの気分の中で何とかバランスをとろうということね。
嵐山　強い人というのは、トータルで、平均で勝つ人だとお書きになっていましたね。そのへんと関係するんですか。
色川　ええ。全勝もできない、そのかわり全敗もないっていう認識が、だんだんセオリーに転化させていく。まあ、若いうちのことならば勝ち星よりも、むしろ負け星のほうを選択しなきゃいけない。ケガ休場というのが一番よくないんだね。全敗のほうがむしろいい。全敗といったって、相撲と違うから十五日で終りってわけじゃない。一時的な全敗ってのは、休場よりいいんです。
嵐山　負けてもとにかくやり続ける。

色川　負けるとき、ころがってケガをするという負け方じゃなければ、どうってことはないね。
嵐山　ずうっと全勝でいければいいんですけどね。
色川　連勝してるときっていうのは気をつけなきゃいけない。
嵐山　やることなすことうまくいくと不安になる感じってあるんでしょうね。
色川　そういうとき、予感がするっていうか、博打打ちの一つの条件として、予知の能力があるんです。とにかく、あとから結果がわかったってしようがないわけですから。とても完全にはいかないけれど、どこかで網を張りめぐらす工夫がないといけない。博打打ちじゃないけど、向田邦子さんね……。
嵐山　ああ、飛行機事故で亡くなった……。
色川　勝ち星がずうっと続いちゃったでしょう。ああいうときは細心の注意がいるんです。向田さんはあんまり運が悪かったし、ほんとに気の毒なんだけど、博打打ちがあれに引っかかったら、みんな笑うと思う。つまり博打打ちは、そこの認識を、予知を何とか正確に近づけようと骨折っているわけだから、飛行機事故にあうなんていうのは、博打打ちにとっては、エラーだと思うんですね。
嵐山　飛行機は丁半みたいなもんですか。
色川　というより別に理屈でも何でもなく、あるいは確率でもなくて、ただ、危険度の濃い状況に追い込まない訓練は、博打打ちなら、していなきゃいかんと思う。
嵐山　ぼくは飛行機に乗るとき売れてるタレントが乗る便に乗るようにしてるんです。落ちない感じでしょう。

色川　売れすぎてるのは逆に危ないですよ。

嵐山　どのへんで見分けるんですか。

色川　人に見えている部分は氷山の一角でね、全体がわからないから確実なパーセンテージはわからないけれど、やっぱり適度に売れてる人がいいですね。売れていてもどこかで不運な条件を引き込んでいるとかね。その裏が目に見えていればいいんだけどね。

嵐山　タモリと一緒は危ないかな。

色川　いや、あの人は全体でなんとなく不充足な点があるから。論理的にいかないけどだいじょうぶだと思う。人間全体のトータルなイメージでいかないとね。氷山の下の、水面下が問題になってくるわけで。

嵐山　なるほど、水面下ですか。

色川　そのイメージをさぐっていく。昔よくやったんですけど、ある年の元日に、その一年で死ぬと思うやつを十人書いておく。六十歳以上はオミット、知り合いもいかん。病気になったやつも。知り合いのやつじゃなくて、みんなが知ってるような知名度のある人でね。それで当てっこをしたら強いですよ、昔から。

嵐山　えーっ、そうですかあ。今年はどうでしょう。不幸がありますか。

色川　いやいや、このごろはそういう遊びしないから。だけど一、二ありますね、あいつ危険だなと思う人が。

嵐山　一人だけそーっと教えて下さい。

色川　いや、まあそれはちょっとね。

嵐山　かなり当りますか。

色川　そうは当らないです。十人ぐらいだと、だれも当らないことも多いんですね。けれど、仕かけどきを考える。敗戦直後だと、たいがいの人が東条（英機）だとかを書く。だけどそうは仕かけない。彼はこの一年では死なないと思うわけです。つまり戦後の不充足をしょいこんでいるわけだから。むしろ逆にトルーマンとかスターリンとか、当時典型的に充足している方を出す。そういう遊びをするときは、そういうふうにねらうんです。だから、ある年の力道山なんていうのは当っちゃうんです。当っちゃうと言っても確信してるわけじゃないんですよ。水面下のことがあるからね。

嵐山　予感があるわけですね。

色川　まあ、人の生死っていうことで大仰だけど、本質的には博打と同じセオリーですからね。水面下のことと、それでしかも本来危険にあいそうなディテールや性格を見ていくわけです。

嵐山　チャンスのあとはこわいんですね。

色川　そう。たとえば一番始末におえないのは、今、自分に必要ではないような幸運がきたときね。

嵐山　どうすればいいんですか。

色川　まあ、あんまりどうにもならないんだけれど、ふだんから、致命的な不運にならないような、平凡な負け星が三つぐらい続いているといいと思うんです。

嵐山　わざと負け星を呼びこむように工夫するわけですか。

色川　極端に言えば、むしろ平凡な負け星ならいいやと思うようにすることだけでもいい。だから、だいたい九勝六敗ぐらいを目標にする感じです。

嵐山　なるほどなあ。

色川　ただぼくなんか、今はとてもそんな目標じゃむりですよ。致命傷になるような負け星に取り囲まれているから。いまは五勝十敗ぐらいが、若いときの八勝七敗ぐらいの感じに思えるわけです。とれるかな、と思ってもここで勝っちゃうとすぐ致命傷にぶつかってしまいそうだから警戒してちょっと勝ち星を見送ったり。そう全部整然と自由自在にはいかないけれどいくらか気にしながらね。

博打でもね、プロ同士の勝負で勝ちまくってるやつは歓迎されるんです。そういうやつは一生全勝できるわけじゃないし、勢いや気負いがあるだけに、穴へ落ちこむときに大ケガする負け星を引っ張りこむんでね。そのチャンスをみんなねらってる。殺そうと思ってお世辞いったりヨイショして待ってる。ところが、みんなが内心苦い顔しているのは、九勝六敗目標のヤツ。コンスタントに少しずつ勝ちこしていこうとするヤツ。

嵐山　どうやって崩すんですか。

色川　いや、なかなかむずかしいです。フォームを崩すしかない。そいつのペースをね。だからそのうちの年寄りを傷めたり、おかみさんを誘惑してみたり、いろいろやるんですよ。

嵐山　ああ、まわりから。

色川　気持ちを揺らさなきゃならんわけだから。勝ってきたヤツは、あるフォームを頑固に持って、それを意識して守ってきてるわけだから、ほっといたらそのまま勝つ。正気でなくさなきゃいかんという、そこのしのぎでもあるんです。

嵐山　すごい。

色川　博打打ちっていうのは、結局、自己管理にかかってくるんですよね。

嵐山　自分だけの問題なんですね。で、九勝六敗を目ざす。

色川　それから、さっき言った、負けを引きこむことと一見矛盾するんだけど、なんでもやらないとダメですね。これは不得手だからやらない、とか、あれはキライだから、というのはいけない。うまく言葉では説明できないけれどとにかくオールマイティにやる。

嵐山　勉強になるなあ、ほんとに。考えこんじゃうなあ。

色川　まあ、口で言ってるだけだからたいしたことないんです。こういうのは文学にはなるけど人生の教訓にはならんでしょうな。

嵐山　いや、そんなこと全然ない。

色川　とくに勝負の話っていうのは、どうしても勝ち負けの話になるでしょう。ところが、長い勝負のうち、勝ちでもない、負けでもない「しのぐ時間」というのが、ほんとは一番長いんですよね。そこのところが一番重要なんだけど、これを話しだすともう、ゴチャゴチャになっちゃうし、「辛抱する」っていうこと一つ取っても、これは口ではちょっといえないんですよね。どうしても勝ち負けの話をしちゃう。そうすると参考にならないと思うんですね。

嵐山　いや、すごくためになった。水面下の話とか。

色川　それだったら、とてもうれしいけどね。

（「ドリブ」一九八五年五月号／初出は阿佐田哲也名義での対談）

対談　まず自分が一人抜きん出ることだよ　立川談志と

色川　化けるという言葉がありますが、つまり化ける人を、当初化けない前から予測できるもんですかね。

談志　たとえば三平さんの場合、文楽師匠が「あれは化けますよ」って言ってたね。だけど、そうとしか言いようがないから、言ってたのかも知れない。ただ、まともなやつからは化けるということはあり得ないというのがあって、あれはまともじゃないから、ことによると化けるかもしれないと言ってたのかもしれないですね。だが、文楽師匠の言った通り三平さんは見事に化けましたね。円蔵も化けましたな。

色川　だけど、当初からその要素が三平も円蔵もあったんじゃないのかな。そうでもない？

談志　あったのかな。だけど、あたしはナンセンスのよさというのがわからなかったから、ただ下手《へた》としか思えなかった。三平さんの落語ってなぁ、その頃は、出てくるといきなり「こっち入ってくれよ。タケさんに、トラさんに、イノさんに、サルさん」なんて、そんな落語やっててね。なんだいこれは、と思った。円蔵にいたっては、眼鏡取っちゃうと見られない坊主頭のあの顔で、早い話、劣等生ですから世の中のことはなんにも知らねェし、字も書けない。だから馬鹿にするだけ馬鹿にした。ところが、あんなに面白くなっちゃうんですよね。彼なりの苦労は当然あったと言うんです。円蔵は売れないやつを一所懸命見てた。あ、こうなっちゃいけない、ああやっちゃいけない、だから売れないんだって。それとべつに彼の感性というのは見事な部分がある。いまなくなっちゃいましたけどね。

色川　たけしのお師匠さんといってる深見千三郎という人、とうとう花咲かずに死んじゃったけど、子供のときに僕が見てて意外に僕の思いより若かったのね。あのころ非常に老《ふ》けてたのは、中老け役ばかりやってたのね。そのかわりどんな役でも脇《わき》でなんとか無難にこなせるものだから、浅草に常打ちしている劇団ではないので、滝野川の「万歳館」とか、渋谷の「聚楽《じゅらく》」とか、急ごしらえの一座になると必ず深見千三郎が座員で出てくるんだ。よくいえば手堅くどんな役でもこなすということだけど面白くもなんともない。それがつい近年だけど、浅草を中継してるテレビを見たときには、見事な昔の浅草の軽演劇を伝承しているいいコメディアンになってましたね。だから、その間に年数がたってるけども、あの当時の僕のイメージの深見千三郎があああなるとは、まったく思ってなかったね。深見千三郎自身のなにか個人的ないろんな試練を経たあれがあるのかもしれないけど。

談志　化けないまでも希少価値が出てくるというケースもあって、極端な話、人間百二十年も生きてりゃ、最後の二十年は希少価値でもつ。

色川　当時の浅草の軽演劇華やかなりし頃に、すでにそういう芸を身につけて残って貴重品になるというのはちっとも不思議でもなんでもないけど、当時まったくそういう芸を身につけてなかったのが、長生きしたせいはあるけど、実に遺産を身につけてる。花を咲かす咲かさないはともかくね。

談志　それは浪花節もそうで、浪花節のファンたちは、いまの連中がいやなんですよ、匂《にお》いが違うから。だから、声が出なくても松太郎とか瓢右衛門を聞いて安心しているという部分があるんですね。だから、その流れを持っている人間に対する郷愁みたいなもので集まってはいるけど、時代が変っているからその雰囲気を持つ芸人が少なくなる。本当は、それを愛する若い芸人がいなくなっちまったということ。その気分を満たしてくれる芸人がいないから、彼等は寂しそうですよね。だから、松太郎が出るとヤンヤという……。

色川　このあいだ驚いたのは、篠田実の先代が生きてたのね。

談志　五年ぐらい前に木馬亭に出たんですよ、芸人や周りから勧められて。最初ちょっとやるといってるうちに、「もうちょっと調子上げてくれや」ってなもんだ。それで、『紺屋高尾』やったよ。それは結構なもんでしたネ。あの人はちょっと訛《なま》るけど。

落語のほうではネ、例えば可楽は落語には熱心だったろうけど、僕は最後まで下手だと思ってました。だけど、けっこうあの郷愁を愛するというファンを獲得してたからね。志ん生が化けたというのとはちょっと違うでしょうけど、三木助は見事に知的なものに化けた。

色川　三木助は化けたですね。あれが化けるということなのかな。

談志　われわれの化けるというのは三平的なことをいったので、この際、知的化けるとは区別したい。三木助師匠の場合は、若い頃はバクチばかりで何も勉強はしなかったのが……バクチも勉強かも知れナイが……。

色川　とにかく橘《たちばな》ノ円《まどか》の前半までは踊りだけですから。

談志　その踊りも、見てて堅くてあまり好きな踊りじゃなかった。

色川　でも、落語はよくなかったな。

談志　あんなうまくなっちゃう。なんなんだろうな。

色川　だから、気長にしてると、談志一門から出てくるかもしれない。

談志　あいつらは出てこねえな。出て来て欲しいけどネ。

こないだ先代の円鏡から先代の円蔵になった円蔵の、ややこしいネ（笑）、テープ聴いてて、あんなことで当時のお客は笑ってたのかなと思ってね。「お喋り会社でございます」のあの円鏡……のね。「アサという駅があります。アサーって、夜中の十二時ごろ着いちゃったりなんかする。みんなあわてて顔洗っちゃったりなんかする」。聴いてるとバカバカしいや（笑）。

漫才のネタじゃないけど、「アメリカ煙草」って売りにくる。「アメリカの煙草売ってるのかい」って言うと、「アメ、イカ、煙草」とかね。「三番線、北海道廻り九州行きー」とか、「熱海、熱海、一週間の停車」、あんなバカなことが受けてたんだね。ボーイズの落《さ》げによくあったのが、「結婚して」「君とはできない」「どうして」「男同士じゃねえか」。留さんのさん馬（のち九代目桂文治）が、「最近の歌ぁ聴いてごらんなさい。〝忘れちゃいやョ〟って言うんすからね。金貸せば忘れませんよ」。最近の歌といったって、渡辺はま子の初期の曲だ。「私此頃憂鬱《ゆううつ》よ」「ユーウツってなんかうつるんですか」。これも若き淡谷のり子だ。それを昭和四十年代までやっていた。つまり死ぬまでやっていた。

色川　さん馬さんのはアナクロがおかしかったね。

談志　おかしかった。でも、当時盛んに正岡容《いるる》がけなしてたよ。なんだ、あれはって。だけど、おかしかったもんね。「近ごろは貧乏人って言わねえんすからね。プロレタリアてんですからね。その下がルンペンね」。なんでルンペンがプロレタリアの下かわからないけどね。

「なんかルンペンってえと貧乏人のように思えませんね。外国から船が来たようで」って、なんだかわかんないんだ。でも受けていた。のべつ聴いてて終《しま》いにはおかしかった。愉《たの》しくなった。

色川 伝統の芸を持っている人はいいけど、漫才の人とかニュース漫才風の人がちょっと遅れちゃうと、聴いてられないね。

談志 トップ・ライトがいい例だね、もう聴いてられない。宮尾たか志がやっぱり聴いてられなかったですものね。牧野周一がやっぱり聴いてられなかったな。だから、むしろ古臭いのやっている山野一郎のほうがよかったな。

色川 あれは昔の自分から動かないからね。合わそう、合わそうとしている人はどうしても遅れが目立っちゃうけど、合わそうと思ってない人は遅れてたっていいんだよ。

談志 「朝のラッシュなんかすごいすからね。しまいには押したり、叩《たた》いたり、のしちゃって」、のしちゃうなんて古いな。当人は新しいつもりだから始末が悪い。山野さんなんかの場合は、浪花節の乃木大将「乃木の親分が」なんてバカバカしいのやってたけど、よかったな。「えー、ラムネ、プスッてえと、いい音するんすからね。活弁なんか、わけはねえんすから、見たとおりに言やいいんすから。行くてえとドアーがあった。ドアーには把手《とって》がついているから、把手を引くてえとドアーがあいた、って当たりめえなんす」。なんかおかしかったね。「フロックコートのねえやつは外套《がいとう》着て出てくるんですから。楽団が音を出しますな。チャカラッチャ、チャカチャカ、チャーカ、ラッチャチャー、チョコチョッー、チョコチョッーってえと、このおっちょこちょいが出てきて、いい加減なことを言うんすから、〝花の都かロンドンか、月が鳴いたかほととぎす〟。なんだかわからねえんすから」というのがおかしかった。だって、あの山野さんは頭のいい人ですものね。夢声を尊敬していて。牧野さんも尊敬していたけど。

牧野さんとは、あたしが一回、「漫談は芸じゃない」と言ったときに、「談志がああいうことを言ってたけど、あれはどうかね」って、それで、対決しましたよ。あたしは落語のカテゴリーだと言おうとしたんですが、高橋圭三が司会やってる番組に出たら、前のほうに三亀松さんが刀ぁ持って待ってる。「あの談志生意気《やろう》だから斬《き》っちゃう」ってね。

その牧野さん、言っちゃ悪いけど漫談で面白いと思ったこと一度もなかった。「みーんなみどりというような名前つけるんですからね。畠山みどり、何とかみどり、よりどりみどりですからね」。面白くもなんともないんだ。勿論、観客《きゃく》には受けているんだが。だけど、花好会という芸術協会の会がある。それが年に一、二回、熱海かなんかでみんな集まって飲むんだけど、余興やると全部牧野周一に食われちゃうんだって。一所懸命家でつくるんだろう、あるときは、座布団で十日も二十日もかかってオマンコつくってるんだって。あの真面目そうな顔をした人が。それで、そのオマンコ持って牧野さんが踊るんだって。これがひっくり返るってね。ふだんとても考えられないって言ってたね。その座布団でオマンコつくるために、あの真面目な人がどれだけ家で内緒でつくったのかね、それを想像するとたまらないというんだよ（笑）。そういうところがあったというんだね。それで、こうやって踊られたら、牧野周一に食われちゃうって。

色川　そういうのは洒脱《しゃだつ》かもしれないな。

談志　だから、あの人の楽屋からはとても想像できない。とにかくアナクロ、留さんまでいかないアナクロでね。宮尾たか志にも感じたんですけどね。「アベックなぞ歩いてまして、〝このまま永遠に歩き続けたい、まだ道はあるでしょう〟。道はありますよね」なんて言ってんだけど、アベックなんて言葉の古さね。だから、司会者というのはいい道を見つけたなと思うんです。でも、宮尾さんは、司会者であるということが恥とまでいわないまでも、いやなんだね。いやというよりも、おれは落語家のせがれなんだという……。でも司会は名人だった。

色川 司会よりは漫談のほうを好んでやってたようなふしがある。

談志 そうなんですよ、歌の付属であるというのがいやなんです。一つの芸として独立してないというのがね。玉置宏みたいに見事に居直れないんですね。だから、東宝名人会のトリを色物で取ったというのが牧野周一と共に宮尾さんの何よりの名誉だったんだろうね。

色川 猫八さんなんかもそうですか、トリを取りたい。

談志 そうです。それで一回、落語協会の集まりのときに、「猫八がトリを取りたいと言ってるからどうする」というから、おれは断れと言ったんです。「芸術協会に行ったらトリを取らせるって当人も言ってるんだから、むこうに行きたきゃ行かせるがいい」って言った。

色川 それでやめたの?

談志 そう。「なら、言っとくけど、池袋演芸場でもって年に何回もトリを取ってみろ、取れっこねえから」と言ったの。猫八さんに言ったんじゃあない。落語協会の理事会で言った。年に十日ぐらいは鈴木の客なら取れますよ。池袋で取ってごらんって、毎日来る同じ客相手に。できやしないから。だったら、みんな言い出すよといったわけだ。染之助・染太郎のトリ、結構じゃないですか。アダチ龍光のトリならおれは見事に譲りますよね。人気絶頂だった三球・照代なら見事にトリ取れますよ、客帰しませんよ。だけど、そういうものじゃないじゃないか、寄席のルールというのは。それで、追っ払っちゃったんですけどね。芸の内容から言ってトリを取る必要のある芸じゃない、猫八というのは。芸から言ったら、あの「お笑い三人組」のなかじゃ貞鳳のほうが上だ。猫八はただ器用にまとめてあって、そこそこはほどよく喜ばして帰す芸で。だから、せがれがそっくり真似てる。そっくり真似られるんだ、内容がねえから(笑)。むしろあの人があたしの会のときの、原爆のなかを歩いた話というのは迫力あったんです。それをやんなさいよと言ったんです。あの人は被爆者手帳を持ってるんです。それは感動的だった。じゃあ、猫八はワルイのかっていやあ、勿論ワルくない。現代では結構な芸だ。それに年輪も加わっているし。

色川　小半治さんのをテープで聴くと、こないだも誰か言ってたけど、誰かのお母さんが、これはすごいって言ってたって。僕が高座で十年一日の如く聴いてたころはそうは思わなかったけど。

談志　いいでしょう？

色川　結局、下積み芸人といえばそうだけど、あんないい下積み芸人もいるんだね。これはオフレコかもしれないけど、志ん好さん、あれはあんまり化けないね。

談志　志ん好さんは三語楼の弟子で三寿《さんじゅ》、その前は金魚という名前だから、当人にいわせると二代目金馬の弟子だと。碓井《うすい》の金馬の弟子だそうだ。この碓井の金馬は落語研究会の二つ目ぐらいに上がって、『笑い茸《だけ》』なんてやる。批評に「十八番で悪かろうはずがない」、わかりきったことじゃないかというような評が載ってますね。悪かろうはずがない、しかし、いまさらべつにという人だが……。興行師的に優れていたという噂が入ってますね。

碓井の金馬の弟子はどうだかワカラナイが、三語楼の弟子はたしかだ。私の聞いた頃はよく木馬館に出てました。中途半端な内容だけど、己《おの》れの意見みたいのをあの木馬の客にきかせちゃうんですね。それは見事なもんだ。あそこは他から入ってくる芸人、協会の芸人とか、他の芸人は受けないんです。安来節目当《やすぎぶし》てだから、田舎者と安来節だけのファンだ。だから、そこで受けてる。逆に志ん好はドサだ……という見方をされた。でも力はある……。で、そのネタを先代の円蔵さんが使ってたね。だから志ん好さんは、あの人は私に無断でやっているって怒ってましたよ。だけど、楽屋じゃあ志ん好はドサだ、ドサだって言ってた。ところが、志ん生の弟子分になって協会に入ってきた。受けてましたね。ひっかき回しちゃったですよ。別にドサでも何でもない、ただヤカンだと言われていた。「師匠、青酸カリというのはどんな色してるんですか」「青酸というんだから青いんだね」って平気で言うんだから。「白いですよ」「昔は青かった」(笑)。当時、停電ばかりあったころに志ん好さんが自分の時計みて「あと五分で電気がつきますな」って言ったらすぐついちゃった。「ああ関東配電が五分間サービスした」。

色川　あれは幇間《たいこもち》もやってたの?

談志　どうなのかな。足のワルイ人だからネ、幇間は……。それで、金語楼のつくった新作なんかをやってましたですね。友だちの朝之助というのがそれを教わってきて、『鳥打ち』ってネタだ。そのなかで、「あなた、さっきなんてった、なんてった、なあーんてった」なんていう、そのころ流行《はや》ったような言葉がポーンと入ったりして、わりと近代的な部分もあってね。

色川　三語楼から金語楼じゃ、そうでしょうね。

談志　金馬、三語楼、志ん生じゃないのかな。『笑点』やったころに志ん好さんに出てもらったですけど、もうだめでした。受けない。受けた当時とおんなじことやってくれたんですがネ。

受けないというのは何なのかね。そのいい例が今のWけんじですよ。あんなに客をひっくり返したのが、受けない。受けなくなったときに、つまり力投派がだめだから、技巧派になればいいんだけど、なれないんだね。追っちゃうんでしょうな。スコンスコン打たれちゃうんだ。笑わない。

色川　Wけんじも不思議だな。

談志　芸人というのは、人気が出てくるといい客ばかりだんだん相手にするようになるでしょう。自分のいう通りになるような、わがままのきくような。また逆にいわせれば、客はそれにひきずり回される興味もあるんだろうけど。

前に、大阪のジャンジャン横町の花月に一回出たことがあるんです。そこでたまたま人情噺みたいなのをやって、「一所懸命やるから聴いてよな」って、拍手喝采《かっさい》もらったことがある。それはさておいて、「一度吉本のガサガサしているところに出てみようかな」と。自分の客のいないところに出てみる必要があるとかねがね言ってたんで、それで二日ばかり難波《なんば》の花月に出たわけです。

そのときに気がついたんですが、もと電通にいた小山観翁さんが書いた文章のなかに、東京の落語はリアリティがあって、大阪のはリアリティがない。逆に大阪は歌舞伎がリアリティがあって、落語はそれこそ大ナンセンスで『影清』の「お上りでっか、お下りでっか」なんて、影清に放り投げられたやつが空中でそんなことを言ったりする。『池田の猪買い』では、「橋ない橋どうして渡る。泳いで渡る。それではあまり大胆な」なんて言う、ああいったようなのがわからなかった。言われてみると、なるほどむこうはリアリティのあるのが歌舞伎で、むしろ荒唐無稽《こうとうむけい》なのが落語である。こう思うわけです。そうすると、じゃあ、リアリティを求めに行くのは何だといったら、貧乏人が行くんですな。よくいうと、貧乏人に与えられた一つの武器、知性のあるやつが行くんですな。

色川　あ、貧乏人のなかの知性派が。

談志　貧乏人に与えられた武器というのは知性しかない、あとは体力だ。体力はべつに寄席に行くのに必要ないですからね。そうすると、金持がいく。または、瞬間的に金持になりたい人も行く。東京だと昔、不景気になると「あの兄《あに》ィは威勢がいいや、不景気になると歌舞伎座の特別室におさまってやんの」なんて言ってね。歌舞伎座には、一瞬の幸せを買いに行くのとか、または成り上がった連中だとか行ってる。勿論、本物の金持もそこにはいる。金持は理屈とかリアリティは欲しくない。いい気持にしてくれればいい。だから、またその時だけでもいい気持になっている人は、つまり夢が欲しいのだから荒唐無稽な芸のほうが面白いんで、「理屈言うない、いいじゃねえか、芝居《しべえ》だから」ってね。

　だから、大阪の客もふとそんな気がしたんでね。大阪の寄席にくる連中は金持なんだ。金持はレベルが低いですよ、一般には。成り上がりだから。いやレベルが違うんです。

色川　なんとなく高みから見ちゃうからね。

談志　だから、「理屈言わんでおもろいこと言いな、談志」というのがとってもよくわかる。だから、「こちらに護送されてまいりました、行くところがなくて大阪だけが頼りで。ひとつ殴らないように」なんか言いながらやっている。でも、客は元貧乏人だから、成功者だから、場合によっちゃ、『らくだ』も『富久』も演《や》れないこともない。だが今日のように本当に金持のところから生まれたガキたちには通じない。明石家さんまだとか、たこ八郎とかじゃないとダメだ。これは、現代みたいに皆ンな金持になっちゃった世の中には、リアリティ優先の東京落語は根本的に始末におえない。ましてTVはダメだ、むかない。

色川 だけど、数は少ないでしょう、そういう成功者の息子というのは、客で。一般の客は……。

談志 いや、一般の客もそうみえた。

色川 中流になってきたからね。

談志 だから、昔も、そのときだけ金持になろうと花月へ来たのではないか。だから、春団治の芸がよかったんですな。それを春団治がだめだといった新聞記者がいて、万度《ばんたび》春団治をケナす、とうとう怒って春団治がリアリティのある『子別れ』やったら見直したという。やっぱり春団治は大阪の観客を見事に知ってたんじゃないのかな。

色川 僕の子供の頃はね、映画館に行くのにみんな嘘を観に行ったね。だいたい子供の頃なんていうのは、たとえば八百屋さんは八百屋さんの生き方、職人は職人の生き方とかってわりにきまっていたでしょう。だから、職人の生き方のなかにいるのは現実を見たくないんです。映画館に行くときはつくり物の夢の世界を観に行くというつもりだったのね。それが非常に変わったのは、戦後の、みんなが着のみ着のままになっちゃったときね。あんときはそういう、誰でも闇《やみ》をやって成金になれたし、だから、フィクショナルなことが現実に起こってきたのね。だからどうもあの時期に、イタリアン・リアリズムなんて、あれからちょっとリアリズム風のものを映画館では観る感じになってきたんだね。

談志　その流れと同じように、寄席は元来金持も来てというより夢を見に来た。それに答える芸をやっていたのに、円朝自身は己れで捨てた。そのことが人間を追求する知性といういい芸だと思ってた。それに評論家が加わって夢をあたえてくれた人気者達を寄席から追っぱらっちゃって、知的なものを優先にしてリアリティへもってっちゃったのか、観客がリアリティのほうが好きだったのか、いろんな理由があるでしょうけど、とりあえず金持になりたい、夢を楽しみたい……というのを締め出しちゃった。だから、締め出さなかった大阪はいまだに成功してるんじゃないのかな。だから、逆に大阪の歌舞伎はだめになっちゃう。

色川　もう一つは、やっぱり大阪のほうが東京に比べて、そういう一種の階級のしがらみが残ってるよね、商人都市はね。

談志　そうかもしれないね。

色川　だから、もっと夢というか、滑稽《こっけい》を見ようと、そういうかたちになるのかもしれないね。もうリアリズムいやだという。

談志　ただ、大衆に夢をあたえる芸を持っている人達は、追い出されたときに受け入れてくれるジャンルが出て来た。つまり、映画とか、歌手とか、大衆演芸とか……そこに行っちゃった。人気を求める芸人志望者はそっちへ行っちゃった。そこで、どうやら今日まで寄席を落語を持ちこたえてきたのは、知性派というかリアリティの芸人、つまり文楽、円生、三木助という……。いまは両方いない。

色川　いまの談志さんの話でいうと、一部の批評家が寄席を芸術趣味にしちゃった。それで、いまの危機よりもずっと前に、その影響か知らないけど、落語が学生のものになったんだよね。だから、昔みたいに小地域社会の旦那衆とか、そういうようなものじゃなくなってきたね。それは一つは、ベッドタウンが遠くなったこともあるけど。だから、学生が落語を支えるなんていうふうな傾向が、もうすでにそこの始まりなのね。

だから、ちょっと話がとぶみたいだけど、寄席の回復というのはもっとアングラにするよりしょうがないと思うんだ。たとえばもっと夢みたいな世界、現実的じゃない世界。だから夜中に始めたっていいし、それこそ中入りにコーラの代わりにヒロポン売りに来たっていいんですよ。それから、やることの基準も、いわゆる市民道徳と同じことやってたんじゃ、テレビとそんなに違わなくなっちゃうからね。うっかりすると、あの寄席に行くと手入れがありそうだなんていう、隠れて行くようなところがなけりゃだめだな。あるいは爛熟《らんじゅく》の世界ね。

談志　そうね。こないだも渋谷のパルコのライブショーで開口一番、「きょう、おまえらに覚《かく》醒剤《せいざい》の打ち方とセンズリのかき方教えてやる」ったら、客がこんな顔してやがってね。それから、こないだの漫談も、オマンコと朝鮮人の連発だったけど、いまちゃんとそれ聴いてるし。

色川　そのほうが起爆力があるんだもの。

談志　落語やるよりはるかに聴くね。それが落語だといってるんですけどね。だけど、道徳を超えたものが何かあるはずだ。そうすれば、いちいちあたしが協会を飛び出したり、師匠をクビになったり、または伝統だ、現代だとか、やれ貧乏人の芸だとか、そんなのは釈明しなくても済むような気がするんだけどね。

その論理でいくと、芸術は全部貧乏人のものになっちゃいますね。道徳、作法、礼儀、芸術。

あんなもの貧乏人の基準だ。発展途上の協力を前提とする中で生まれた不文律だ。昔は狩野派《かのうは》の絵なんていうのは素晴らしいと当時殿様が言ってたのを、あんなものはよくないと知性派が勝手にきめちゃって、写楽のほうがいい、北斎がと言っていると、金持は写楽の絵なんぞ飾らないし、モジリアーニの絵なんぞヤだよ、あんなもの。セザンヌは平凡だし、ゴッホは気味がワルイ。ルノアールはいいですよ。いい気分にしてくれる。だから、ゴヤだって宮廷画家のころのゴヤは綺麗《きれい》でいいけども、子を食う怪物だとか、銃殺なんてあんな絵は嫌だ。第一家にかけておけないヨ、気持がワルくって。だから、あれは貧乏人が勝手に決めたルールだ。

だから、問題は、そうなってくると、おれたちが貧乏人の基準で芸をやってきたことが、金持が増えちゃってとても聴かれなくなる。それも知的金持じゃあなくて呆的金持だ。

でも、見てると、中には「いまの若いやつらは」なんて三十歳ぐらいのやつが言ってるわけですよ。あれっ、してみると、こいつらも落語聴くようになるのかと。でも、どうも感じではならないような気がするんだよ。「いまの若いやつらは新幹線の前の電車に、汽車によォ乗ったことねえだろう」程度のことは言うかもしれないけど、落語までは来ないんじゃないかというう、皮膚感覚ではそう思うんですがね。どうなのかね。あり得ないでしょう、落語がこれからスポット浴びるというのは。

色川　現象から考えると、少なくとも落語家じゃなくて、古典落語がスポットを浴びるというのは難しいような気がしますね。だから、それは健全道徳とか、そういうことに則《のっと》ったような庶民の泣き笑いとか、そういうことからどうも離れていくんだね。

談志　じゃあ、おれの「満州を返せ」なんて叫んでるのは、正解なんだ。

色川　そうそう。とにかく、『八五郎出世』なんていう、あんな感じの出世じゃ出世したくねえというふうに思っちゃうのね。だから、そういう無難な、伝統的というか、そういうものを聴いて安心するというふうな家族的客を寄席から追放しなくちゃだめなんだ。

談志　そうだな。

色川　たまの休みに、一年か半年に一回盛り場に来るような家族連れの客というのが、あそこは教育上悪いから子供一人では行かれない、というふうにならないとね。

談志　それじゃあ、おれが講演の度に差別用語と、卑猥《ひわい》な言葉を連発してるのはいいことなんだ。もっとも当たるという自信があるからやっているんですがネ。

色川　いまの落語家の若手が、最初の段階でわりに客に好かれようとするじゃない？　あれが好かれようとするために毒を抜いちゃうね。それで、最大公約数的人間のような顔つきをしているというのが、まず強い執着を起こさせないというかね、それはあるかもしれない。だから、もっと個性のはっきりした人間がいっぱい出てくるといいんだね。昔は「てめえ、なんで来た」というような感じで怖いなという芸人さんはけっこういたんだけどね。

談志　円蔵さんは怖い顔をしていた。本人は愛嬌《あいきょう》をふりまいているつもりだったろうが、怖い顔してた。淋《さび》しい顔をしてた。晩年は高座でグチばかり言ってたけど。

色川　そこらにはなかなかいないような人間ね。昔の人のほうが、全部じゃないけど、どうやって生きていくんだろうと思うような人がいたんだね。いまの若い人は、なんか滑らかにことが運んで、そこを洗練させるのが芸だという。

談志　金持になっちゃったから、金持はそんなおっかないこともいやだし、ゆったりしてくれて、気持のいい、程のいい、さっきのルノアールの絵みたいな程のいいのを聴きに来てる。あとは間違ったり、下手だったり、がいい。つまり道化《どうけ》だ。でも歴史の道化はそうでもなかったみたいだ。『リア王』みたらそうだった。

色川 だけど、おっかなくても、自分に攻めてこないというのがあるもん、金持としたら。

談志 攻めてこらんなきゃいいわけだ。

色川 なんか奇妙で変形してるけども、自分を脅かしてこないというのは金持だっていいんだから。

談志 ああ、そうか。戦争映画みてえなものだな。じゃあ、脅かすというか、スケベなことを言おうが何しようが構わないんだ。

色川 うん。

談志 だって、スケベなことっていうけどね、もはやそれほど不快でもねえやな。

色川 五年、十年前に比べりゃ、びっくり度が違ってるよね。追っつかないよ。

談志 金持の知性というのは、原則として出ない。帝王学というのは、周りが貧乏なら帝王学も必要だけど、みんな金持になっちゃって、帝王学必要ないでしょう。だって、金持で頭のいいやつというのは、原則的には出ないはずだな。

色川 金持の息子がひょっとしたら……。それは道楽若旦那のほうが多いけど。

談志 だから、頽廃《たいはい》的なところで粋《いき》なのが出てくるかもしれないけど、少なくとも貧乏人の発想の、一所懸命やろうの、会社を伸ばそうのという、そういう頭の良さは出てこないね。三代目はつぶすんだから。

色川　若い世代は働かなくなっちゃったね。

談志　働いてませんよ。

色川　われわれの世代から見ればね。おれなんか本当に夜の目も寝ずにバクチなんかして、働きづめに働いてる（笑）。

談志　悪事を働いてる（笑）。たとえば文学に対する欲とか、作家として名をなすというのは、あれ貧乏人だからでしょう。そうでもないのかしら。なんか違うのかしら。事業欲と同じように何かあるのかね。芸術というのは何なんですかね。芸術がいいというのは描写がいいとか、人間を出せて奥が深いなんて、何が奥深いといいんですかね。いうなればその人の趣味だ。

色川　たとえば映画が躍進してきたころ、映画は下だと思ってたのね。上下というのは変だけどね。だから、一番新しいし、一番下だと思ってたから、何からでもかすめ取れたのね。文学にもコンプレックス、芝居にもコンプレックス。だけど、みんなともかく取れた。みんな恥も外聞もなく取って太ってきたわけでしょう。そのうちに下じゃなくなっちゃうわけね。そうすると、今度次のやつが、一番下でそういうふうに取れるやつが次の時代にのり代わってくるわけ。だから、いまでいえば、劇画はどっからだって取れるわけね。だから、ある意味では、たとえば小説書きなら、小説書きが、一番下の意識を持たないといけないんだね。

談志　あー、そうか。

色川　だから、芸術的意欲といっても、ある上の意識のなかでやってると、本人は芸術といって大きなものをつくってるつもりでも、もうそのときはエネルギーが不足してるのね。だから、落語もいっそ思い切って、アングラ無道徳から出発し直したらどうかと思う。それで、いままでの既成じゃないものをどんどん取っていく。古典落語だってあぐらをかいているようでは、エネルギーが不足しちゃうんだよ。

談志　それでなんだね。こっちは三十年あそこに惚《ほ》れてたもんだからね。

色川　それがあるんだよ。

談志　だから、あれ縁を切っちゃおう（笑）。簡単にいうね。しょうがないよ。ドイツ文学を取ろう。早瀬主税《ちから》みたいになってね（笑）。でも、日本人て基準がないんだよ。

色川　ある点で、日本人というのはその必要が薄いということもいえるんだね。西洋のああいう遊牧民族では、まず能力主義になるでしょう。そうじゃなければ生きていかれないから。そうすると、どこかに枠をきめないと野放図になっちゃうよね。だから、持続していくためには神みたいなものが必要欠くべからざるものになる。ところが、日本人というのは島国で、それこそ農耕民族だし、地面から生えてくるわけだよ。だから、自分である程度コントロールしちゃう。そうすると、他になにか規制するものがそれほど必要でなくなっちゃう。

談志　それをバランスと言ってるんでしょうね。われわれはバランスのとれた国民であるてなこと言って。バランスのとれた国民なんだけど、そのバランスを、その都度《つど》その都度のバランスを捜さなけりゃならないからな。

色川　そうそう。だから、それが逆に、風邪《かぜ》をひいて四十度ぐらい熱があるときに考えたことと、平熱のときに考えたことを、どっちも自分と思わなきゃならないという不思議なね、どうも不便も出てくるわけ。

談志　だからこそ、小さん師匠みたいに落ち着いて、「いずれ回りゃ元へ戻ってくる」なんつうのが、意外に説得力持ったりなんかするんですよ。結果そうなっちゃうんだから。考えてもだめだということで、ほんとうそうなっちゃうんだね。
色川　元に戻るといっても、まるきり元じゃないんだな。元よりちょっと、かすかに違うところに戻る。
談志　ラセン階段と同じだ。戻らねえだろうな。
色川　だから、手をつかねて、歴史は回るなんていっても、まったく元のところに戻ると、ただ丸を描いてるだけだけど、こういうふうにだんだんズレていくんですよ。だから、元に戻ったともいえるし。
談志　だから、革命とか、天災とか、第二次世界大戦みたいなことになれば、回帰現象はあるかもしれない。イヤ……ないかな……。
色川　このままじゃ急に変わるわけはないと思うけど、そういうなにか他動的な力でなるんじゃないですかね。
談志　落語をもう一ぺんアングラにって、アングラ的なことやっているんですが、そのアングラ的なことがなかにはいやだと言うやつもいるし、それは当然いますよね。
色川　ただ、そのアングラ的な方面での先覚者が強力ならば、みんなそういうふうに染まってくるんです。松本清張が一人出ると、推理小説が見違えるようになって、探偵小説が推理小説になっちゃうというようなね。
談志　アングラやるかな。また追っかけ回されるぞ。同和とか、右翼とかにね。べつに来やしないけど、とりあえずクレームつけないとてめえの立場がなくなっちゃうというやつらがね。

色川 しかし、そこで仮りに誰でもいいんだけど、ビートたけしならビートたけしと、立川談志とどっか差異をつくらなければだめだね。だから、どっちかといえばビートたけしだって、一番下から出てきて何でもみんな取り込んじゃう。だけど、落語家のほうは古典落語とか、あるいは芸格があるから、一番下の意識がないいんじゃないの?

談志 それはある。

色川 だから、何でも取れないという不便さ。だって、もともとたけしとかはなかったんだから。

談志 芸種もないいんだから。何のジャンルに属するかというのがないわけです。

色川 小説のほうもおんなじだ。

談志 そうでしょう。それは戦後適当にゴロツキ小説書いている分には、そこそこ収入もあるでしょうけど。

色川 それだって、このごろはずっと平安が続くとは限らないからね。

談志 マージャン人口が少なくなってきた。

色川 それで、いまの落語界と同じように、なにか新しいことをやろうと思っても、皆おんなじね、そっくり。それで、危機意識は充分濃くあるんだけど、全体にじゃなし、持ってるやつはずい分いるんだけど、とくに娯楽小説、これは崩壊の半分手前じゃないかと思う。

談志 面白いものがねえもの、あんまり。

色川 ないし、それから、もっと手軽にいろんなものがあるから。

談志 小説家なんか、まだねえものがあるのかな。

色川　だから、それで、いつもあなたの話で身につまされてるので（笑）。だから、前からおんなじだって言ったじゃない。いわゆるカリスマ性を持ってる救世主みたいなものは出てないですね。落語界だってそこそこの者は出てる。だけど、そんな方向を変えていくような人がいない。昔の石原慎太郎、それから五木寛之、ああいう現象がもっとないとね。

談志　衝撃の、というやつだね。たけしが落語家ならよかったんだな。

色川　いや、落語家だったらできない。

談志　そうか、できないか。歴史という枠もあり、ジャンルが確立されているから落語家じゃ無理か。

色川　たとえば立川談志の個人として洋々たる道を拓《ひら》いてくるのと、それとダブッちゃうわけね、落語界の洋々たる道はどこだというのと。

談志　そのへんがいけないんだね。

色川　いけないかどうかわからないけど、たけしはともかく自分のことを考えてるよ。

談志　何々界というのがねえんだから。

色川　だから、この際、落語界のことというのはもう二の次にしてもいいんじゃない？　それで、結果的に後からそれが影響を与えていけばいいんだから。まず自分が一人抜きん出ることだよ。

談志　そうしよう。決めた。何やってもいいんだ。てめえのこと考えてりゃいいんだ。

色川　そうそう。

談志　弟子もへったくれもねえや、もういいや（笑）。

（立川談志『談志楽屋噺』文春文庫より。白夜書房版単行本は一九八七年刊）

*

*

*

色川孝子インタビュー　聞き手・柳橋史（元編集者）

「虚」と「実」のバランス――「最後の無頼派」と呼ばれた夫との二十年――

従兄妹同士での結婚

柳橋　色川さんがお亡くなりになってからもう八年になりますね。

色川　逝ってから数年は、思い出すのがとても辛かったんですが、最近は記憶の生々しさも徐々に薄らいで、冷静にお話しすることができるようになりました。色川が他界したあと、私には寂しさよりも、それまでの生活から当たり前の会話がなくなったという空虚感がありました。一緒に歩んだ二十年間のほうが、今とは違った意味での孤独にさいなまれていました。

柳橋　そうでしょうね。孝子さんは、「無頼派」作家としての華やかな一面とは違った、色川さんの陰の部分をたったひとりで二十年間支えてきたわけですから。博打、幅広い交遊関係、引っ越し癖、奇病ナルコレプシーとの闘病……。しかも、色川さんは他人には無頼のもつ優しさで接する。

色川　一緒に暮らすと、見たくなかった部分も見ざるを得ないし、直面していかなくてはなりません。きっと、他人にとっては神様のような人だったでしょうね。しかし、生活は「現実」なんです。いいところだけを見ていては生きていけない。内実を知らない他人からなんと言われようとも、おたがいが生きていくために私たちはずっと闘ってきました。

柳橋　それは、他人の想像を絶する闘いですね。

色川　精神的にも、肉体的にもタフにならなければ、お互いがつぶれていたでしょう。色川と一緒に暮らしたことで――つねに翻弄され、迷い、苦しみ続けたことで――私自身かなり強くなりました。自分でも驚くほど変わっていきました。色川と出会った頃は、私はお手伝いさんのいる家で大切に育てられた世間知らずのお嬢さまでした。虚弱体質で、右眼が極度の弱視でしたから、コンプレックスも強かったんです。

柳橋　「出会い」は、色川さんが大久保にいた昭和四十五年でしたよね。

色川　そうです。出会いというよりも、私と色川とは、色川の母と私の父が姉弟で、「武ちゃん」「たっちゃん」と呼び合う従兄妹《いとこ》同士でしたから、再会でしょうね。

柳橋　そういえば、よく色川さんが「僕はたっちゃんのオシメもとりかえていたんだよ」と嬉しそうに言っていましたね（笑）。

色川　弟さんの結婚式に呼ばれて、何年ぶりかで会ったんです。色川は四十歳でしたが、どこから見てももう初老。太っていて、以前の面影が全くないんです。若い頃は、目は切れ長、まつげは長く、痩せていて精悍でしたから、驚きました。でも、異様な雰囲気を漂わせ簡単には人を寄せつけない独特の個性は変わっていなかった。特に目の表情が豊かで、暖かさ、厳しさ、鋭さ、そして寂しさを感じさせるんです。

柳橋　再会したとき、色川さんの病気のことは知っていたんですか。

色川　知りませんでした。結婚式で別れるときに、「たっちゃん、近々遊びにおいでよ」と誘われて、しばらくして遊びに行きました。当時私は二十三歳で、婚約者もいましたが、他人同士が一緒に暮らす結婚に漠然とした不安があり、昔から自分のことを知ってくれている、従兄妹の「武ちゃん」に会って安心したかったんでしょうね。

ところが、大久保の住居兼事務所に行ってみると、幻覚の発作で、突然、大きなテーブルを倒したりする。「大丈夫？　病気なの？」と聞いたら、「俺にもわからないんだ。しょっちゅうお化けみたいなものが出てきて、苦しいんだ」と言うんです。そのときにはまだ病名（ナルコレプシー）は判明していませんでしたが、突然の睡眠発作、脱力症状、幻視、幻聴、幻覚、無限の食欲……自分の症状をこと細かに説明してくれました。それではじめて病気のことを知ったんです。この人はもう二、三年しか生きられない、と思いましたね。

その日、発作が治まった後に、武ちゃんが天麩羅を揚げてくれたんですが、どうしても気になることがありました。手が汚いんです。伸びた爪の中が真っ黒で。それで、「お風呂に入らないの？　爪も切らないの？」と聞くと、「風呂に入ったり、歯を磨いたりしてたら、それだけで三百六十五日が終わっちゃうんだよ。だいたい、仕事に差し支える。そんなこと気にするまわりの人間がおかしいんだ。爪の垢が隠し味になって料理の美味しさが増すのさ」って（笑）。呆れましたよ。そんな人は初めてでしたから。この日をきっかけに武ちゃんの世界に引き込まれていくんです。

幻覚に苦しんでいる姿や、食事の最中にふと見せる寂しそうな表情に、母性本能が呼び起こされたんでしょうね。この人が死ぬまでの二、三年だけでも一緒にいてあげよう、私でなくては尽くせない、面倒がみられない、と思ったんです。

柳橋　しかし、既に婚約者がいたんですよね。

色川　はい。それで、「もう少しで死ぬ人がいるので、その人が死ぬまでの、ほんの二、三年結婚を待っていただけませんか」と婚約者に頼みました。しかし、待ってもらえなかったので、婚約を解消したんです。今から考えると、すごく非常識ですよね。もちろん、従兄妹同士ですから結婚なんてまったく考えていませんでしたが、私に会うとすごく嬉しそうにするので、それから毎日のように大久保に通いました。

柳橋　婚約を解消することに、ご両親は反対なさったでしょう。

色川　ええ。従兄妹同士でとんでもない、と叱られました。しかし、私の中では「暮らしちゃえ」というのがありました。相当変りものだったんでしょうね。それに、そもそも私には結婚に対する憧れが全くありませんでしたから。ウエディングドレスなんて着たいとも思わなかったし、他人と永遠に一緒に暮らすなんて、こんな不自然なことはない、出来ることなら親のそばでずっと自由に暮らしていきたいと考えていたんです。

柳橋　いかにもお嬢さまの発想ですね（笑）。色川さんも、自分でなければ、この世間知らずの「たっちゃん」の面倒はみられないと思っていたんじゃないですか。

色川　冗談でしょ（笑）。武ちゃんにはさんざん苦労させられてきたんですよ。しかし、よく考えてみたら、当時の私は世渡りを全く知らない、世間知らずのお嬢さまでしたから、会うたびに、まるで親が娘を教育するかのように、お説教されてました。物騒だからといつも大久保駅まで送ってくれて、電車が見えなくなるまでホームに突っ立っていましたね。

柳橋　おたがいに守り合うようなところがあったんですね。

色川　確かに、どこかに暗黙の了解がありました。かたや奇病のナルコレプシー、かたや極度の弱視、お互いコンプレックスを抱えて生きていましたから、自然と守り合っていたんでしょうね。

柳橋　大久保には実家から通っていましたよね。一緒に暮らし始めるきっかけは何だったんですか。

色川　再会して一年ぐらいたった頃に「俺は四十年間、女と暮らそうと思ったことはないが、どうかね」というんです。もう、そう長く生きられそうもないし、生きざまに興味をもったんでしょうね。親の反対を押し切って、籍を入れないという条件で、目白のマンションで一緒に暮らすことになりました。

柳橋　僕も目白のお宅にはよくお邪魔しましたが、人の出入りが大変だったでしょう。

色川　あれには驚かされましたね。編集者はもちろんのこと、麻雀仲間、銀座のホステスさん……。とにかくひっきりなし。慣れないながらも一生懸命お相手したんですが、人前に出るのが苦手でしたから、よく叱られました。朝、目が覚めるとホステスさんがソファーで寝ていたなんてこともよくありましたね。これは不思議な世界に迷い込んでしまった、場違いなところに来てしまった、と早くも後悔していました。これも自業自得と言い聞かせて我慢しましたが、人間不信になりましたね。

自己愛の塊のような人

柳橋　色川さんは孤独を愛した反面、寂しがり屋で、人を集めるのが好きでしたよね。

色川　ええ。そして、すごく気を使うんです。旺盛なサービス精神で全員と対等に付き合ってしまう。自分を頼って甘えてくる人間は決して拒みませんでしたね。他人に対して寛大になれるのはすごいと思いますが、甘えさせておきながらも、距離を置いて冷静に観察している部分があるんです。根本のところで、人を信じることができない。笑っている時でも、本当に心から笑っているようには思えないんです。自分をさらけだせないというか……。

柳橋　生い立ちを考えると、色川さんは若いころから屈折していたんでしょうね。戦時中にガリ版同人誌を刷ったことで無期停学になり挫折を経験し、終戦後も宙ぶらりんの状態で、あとは苛酷な博打放浪のうえ、家には恩給で生活する退役軍人の父親が何もしないで鬱屈している。肉体的にも頭がゼッペキであることにコンプレックスを持ちつづけていた。『麻雀放浪記』に登場する「坊や哲」と「ドサ健」は色川さんの分身ですが、「ドサ健」の非情さがなくては生きていけないと、若い頃からわかっていた。

色川　自己愛の塊のような人でもありましたから、人間が嫌いではないけれども、人を愛したいというより、愛されたいというのが強かったんです。世間から貼られた「無頼派」というラベルのイメージに、無理をして合わせて、ふりをし続けていました。よく「明るい」と思われていたようですが、私はこれだけ暗いひとを見たことがない。翳というのか……。これに騙されてしまったんですね（笑）。

柳橋　自分に屈折した暗い部分があったからなのか、色川さんは明るい人と話すのが好きでしたね。

色川　華やかな場所が好きでしたし、芸人さんとも幅広く交遊していました。それに東京っ子でしょ。

柳橋　藤原審爾さんも、寂しがり屋で、人を集めては人間観察をするようなところがありましたが、色川さんにも似たところがあった。もっとも、藤原さんは多くの女性遍歴を持っていましたけれども（笑）。

色川　「藤原さんを真似してるんじゃないの？」って言ったことがあるんです。家にいろんな女性を平気で連れてきて、お小遣いをあげたり……。

柳橋　ただ、いろんな女性が家に出入りしても、色川さんが惚れたのは孝子さんだけで、他の女性と特別な関係には決してなりませんでした。

色川　みんなお父さんのような感覚で色川に寄ってくるので、色川を男としては見ていなかったでしょうからね。私だって抱かれたいとは思いませんよ（笑）。ナルコレプシーで性的な欲望が普通の男性より薄いこともありましたね。

　もともと色川は女性を肉体的には好きになれない人だったんじゃないでしょうか。なんでも、初体験で相手の娼婦にお金を盗まれたそうで、きっと性的にもうまくいかなかったんでしょう。それがトラウマになっているらしくて、普通の女性より、世間知らずの女性の方が良かったみたいです。姪に「おじちゃんはどんな女の人が好きなの？」と聞かれて、「おばちゃんは、昔から世渡りが下手で、したたかに生きていけないんだ。そういう女の人といると、おじちゃんは安心するんだよ」なんて言ってましたから。

柳橋　三年ほど一緒に暮らされた後、昭和四十八年に入籍されますよね。

色川　一緒に暮らしているのに籍が入っていないのは世間体が悪いと両親が騒ぎ出して、それで入籍したんです。しかし、最初から結婚という形を望んでいませんでしたから、籍を入れても、夫ではなく、あくまでも、従兄妹の「武ちゃん」だと自分に言い聞かせていました。
ちょうどその頃、子供についてもいろいろ話し合いました。私が弱視だったこともありますが、やはり、従兄妹同士で血が濃いことへの恐怖が強くありました。お医者様も責任は持てないとおっしゃるし。それでも、色川は「産めばいいじゃないか」と言うんです。しかし、私には障害を持った子供を育てていく自信がありませんでした。

柳橋 今まで誰にも言えなかったんですが、当時、色川さんは、「血が濃いことが心配なんだ。欲しいような、欲しくないような」と迷っていました。色川さんは子供を嫌いではありませんでしたよね。

色川 そうですね。ただ、子供があの人の顔をみると、ワーッと泣きだしてしまう（笑）。

柳橋 「俺の子供がもしいたら、気持ち悪いだろうな」とも言っていました。

色川 ただ、「俺みたいな不良少年あがりは、子供はちゃんと育てたいんだ。子供を教育するのは絶対に得意だな」と自信を持っていたみたいです。

色川にしてみれば、それまでは考えもしなかったことが、次々と続いたわけです。結婚して、家庭を持ち、そして、子供までできるかもしれない。それまでのアブノーマルな生活とは一変した、ノーマルなことに挑戦してやろうと新鮮な気持ちだったんでしょうね。子供がいれば生活は変わっていたはずです。お客さんも少しは遠慮したでしょうし。

かといって、子供をつくらなかったことを後悔してはいません。子供がいても、結局、色川は無頼な生活を捨てることができなかったと思うんです。だから、「俺は子供を育てるのは得意だ」なんて言っても、信用できませんでした。私にも育てる自信がありませんでしたから、それでは子供がかわいそうです。

奇病ナルコレプシーとの闘い

柳橋　広尾に引っ越された、昭和四十九年頃からは、週刊誌の麻雀観戦記が連載になるなど色川さんも忙しくなりましたよね。孝子さんも苦労したんじゃないですか。

色川　そうですね。これが三度目の引っ越しでしたが、色川の引っ越し癖は死ぬまでなおりませんでした。とにかく放浪癖の名残りなのか、定住することを嫌うんです。二十年間で九回。それも、引っ越しの作業はすべて私に任せっきりで何もしないんです。引っ越しする度に人の出入りも多くなるようで……。広尾では六本木が近かったせいもあって、知り合いを引き連れてきては朝まで宴会の毎日。色川は病気もあり、相当体力を消耗しているはずなのに、ベッドで少し休んでは顔を出してサービスしていました。飲食費がかさんで困っていても、「渡した金額のなかでやりくりするのが主婦の勤めだ」と取り合ってもくれません。明日の生活費に事欠くような状態でも、他人には絶対にノーと言いませんでした。自分の金銭感覚はルーズなくせに、私には厳しかった。色川とは他人の関係でありたかった、とよく思ったものです。

九州から家出してきたファンの青年が住みついたこともありました。ところが、ある日「お世話になりました」という置き手紙を残し、買ったばかりの8ミリ映写機や時計を盗んで消えてそれっきり。しかし、色川は全くこたえていませんでした。麻雀でイカサマをやって稼いだり、自分もさんざんワルをやってきましたから、これで五分五分だと思っているんです。ですから、人を窮地に追い込むことは絶対にしませんでした。後になって、色川の机からは数百万円の借用書が何枚か出てきましたよ。返してくれなくても平気だったんでしょうね。自分に余裕があるわけでもないのに。

柳橋 病名がナルコレプシーらしいとは早くわかったんですが、病状が重くなったのはこの頃でしたね。

色川 そうです。食べ終わってすぐ眠り、起きてはまた食べる。再会したときに太っていたのも無理はありません。病気といえども、というより病気だからか、よく食べました。一日に六食、量がまたすごいんです。一回でカレーライスの大皿を四杯、大福なんて十個買っておいても一晩もたないんですから。量だけでなく、味にもうるさかった。でも、料理を好きになったのは、色川のおかげだと感謝しています。歯が悪かったので、柔らかいものをとか、野菜嫌いでも食べられるようにとか、工夫していくうちに自信がつきましたね。

柳橋 食事だけではなく、幻覚もすごかったでしょう。

色川 治療法が解明されておらず、良い薬がないためか、眠る度に幻覚、幻聴に取り憑かれているようで、本当に辛そうでした。寝室ではベッドの横に乗馬の鞭を置いて、お化けや妖怪がでる度に振り回すんです。夢の中で格闘するからお腹も空くのね。代われるものなら代わってあげたかった。

柳橋 病名がはっきりしてから、色川さんは「阿佐田哲也」から、本名の「色川武大」で小説を書くことを意識し始めましたね。

色川 「阿佐田哲也」では生活のために書き、「色川武大」では歴史に残る作品を書くという意識が色川の中には強くありました。奇病ナルコレプシーを受入れることで、残る作品を書きたい、という思いに拍車がかかったんだと思います。

柳橋　原稿用紙の文字も意識的に使い分けていましたね。

色川　「色川武大」で書くときはマス目一杯の大きな文字。「阿佐田哲也」では小さな文字。まるで別人のようでした。執筆する机も徐々に「色川武大」と「阿佐田哲也」では違うものを使い出しました。形式を区別することで、自分の中でのバランスを取っていたんでしょうね。

柳橋　色川さんは「バランス」を気にする人でしたから。

色川　「あいつはバランスのとれた人間だ」なんてよく言ってました。本来、屈折した暗い人でしたから、自分のなかで常にバランスをとらないと生きていけなかったんです。折り合いをつけるというか。

私はアンバランスだから、それで色川とはバランスがとれていたんです。「きみのことを理解できるのは、この世で俺しかいない。他人からは誤解されやすい。エキセントリックに見られているはずだ」なんて言うんです。私自身は普通だと思うんですけど、まわりからはエキセントリックに見えるのかしら（笑）。

柳橋　エキセントリックかどうかは別にしても、自分らしくは生きていますよね。

色川　そうですね。色川と一緒に暮らしていても、絶対に入り込ませない自分だけの領域を持っていました。それが私なりのバランスのとり方なんです。

柳橋　パーティーなど夜に出かけるのも平気でしたよね。

色川　気分転換をしなければ、おかしくなりますよ。色川の生活についていくことで、精神的にかなり参っていましたから。ただ、そういう行動が誤解を生むのかもしれませんね。私だって決して楽しいわけではありません。何時間か後には現実の生活が待っているんです。
柳橋　「武ちゃん、どうしてる?」と出先からまめに電話を入れていましたね。
色川　どうしても気になってしまうんです。ナルコレプシーではないですが、飛んでくるテニスのボールが「武ちゃん」の顔に見えて逃げ出したこともありました(笑)。

自分を変えようとはしなかった

柳橋　『怪しい来客簿』を発表して、いよいよ本格的に「色川武大」での執筆に入った矢先に、今度は胆管閉塞で生死を彷徨うことになりましたよね。
色川　そもそもは胆石で入院して手術を受けたのですが、胆管閉塞で黄疸がひどく、病院を移して再手術することになりました。症状が相当悪く、手術前に身内が集められて、絶望的な宣告を受けたんです。いよいよこれでお別れだと覚悟を決めました。不謹慎かも知れませんが、やっと最期を看取ってあげられる、これで色川との生活からも解放されると思いましたね。
柳橋　あのときは泊り込んで、付きっきりでよく看病していましたよね。顔色が悪いので心配でした。
色川　最期まで一緒にいてあげたかったんです。栄養注射を打ってもらいながら必死で看病しました。奇跡的に大手術が成功して、手術室から出てきた色川の顔を見た瞬間、生命力の強さに唖然とさせられました。
柳橋　ただでさえ、ナルコレプシーで体力が落ちている上に、あれだけの大手術に持ちこたえたんですから、心臓が強かったんでしょうね。「手術中の地震が心配だ」なんて言っていたから、生に自信を持っているんだなとは思っていましたけれど、僕なんか、手術の当日はもう神に祈る気持ちでした。

色川　その後も順調に回復したんですが、ちょっと目を離すと、人恋しさから病院を抜け出してしまう。麻雀をしに行ったり、鰻を食べに行ってみたり。その度にお医者様にひどくお叱りを受けました。あれだけの大病を患ったのですから、心をいれかえて、博打、お酒、交遊関係を自粛してくれると思っていたのですが……。

五か月にも及ぶ入院生活、二十キロ以上も体重が減って退院の日をむかえ、やっと家でゆっくりできると思っていました。ところが、家に着くと、待ってましたとばかりに友人が集まり、早速、麻雀です。それも、二泊三日でやり続け。すぐに、以前の不規則な生活に戻ってしまいました。呆れ果てて、声も出ませんでしたよ。

柳橋　それが、孝子さんが高輪にマンションを借りて「家出」をするきっかけだったんですか。

色川　あれだけ心配して看病した私の気持ちが全く伝わっていないことに失望したのは確かです。私が色川に匙を投げたことが「家出」をするきっかけのひとつではありますね。それまでの生活からも、色川は誰がそばに居ようとも、自分自身を変えようなどとは思わない、永遠に変わらない男なのだ、と感じ始めていました。あまりにも現実離れした感覚にもうついていけませんでしたから、尽くし甲斐のないこの男からは離れようと決心したんです。色川と離れることで、新しい自由な人生が始まると思っていました。

柳橋　前もって色川さんには話していたんですか。

色川　いいえ。「家出」ですから、相談なんてしません。とにかく色川から離れられればどこでも良かったので、不動産屋の勧める物件で即決しました。今までの引っ越しと違って、自分のものだけ詰めればいいんですから楽でしたよ。突然、運送屋さんが来たので色川は驚いて、家の中を右往左往していました(笑)。

柳橋　喧嘩が原因ではありませんから、色川さんにとっては、寝耳に水の家出だった。

色川　そうですね。しかし、やっと色川から解放されたはずなのに、高輪に移ってからも、どうしても色川のことが気になってしまう。一人では何もできない人でしたから。それで、一週間もしないうちに、色川が居ない時間を見計らっては広尾の家に戻って、洗濯やゴミ捨てをしていました。

柳橋　その後、色川さんが高輪のマンションに転がりこんで、また一緒に暮らし始めましたよね。

色川　ある日、色川が「家の鍵を失くして中に入れないんだ、スペアキーを貸してくれ」と、訪ねてきたんです。そして、部屋に入るなり、「不思議だなあ、自分の家にいるような気がする」とか言って、住み着いてしまったんです。「俺にとって君は最高の女なんだ。君がいるから僕は小説が書けるんだ」なんて言ってましたが、明らかに計画的な行動です。原稿用紙、鉛筆、辞書まで持参していたんですから(笑)。

柳橋　その頃、色川さんは『離婚』を執筆していたんですよね。いろいろ思い出します。

色川　結局、色川にとって私は小説の素材に過ぎないのか、と不快でしたね。

柳橋　読者にはわからなかったでしょうが、『離婚』に出てくるすみ子の口調は、孝子さんそのものでしたよね。

色川　作家としての観察眼には感心しました。嘘のお話を強調することでノンフィクションだと信じこませるのも作家の技術であり、才能です。しかし、私を知らない読者は『離婚』に書かれているすみ子を等身大の私だと思い込んでしまう。「色川さんの奥さんてどんな人？」と尋ねられて、『離婚』のすみ子だよ」と言っている人が何人もいたんです。モデルにされるこちらはたまりませんよ。あまりにも腹立たしかったので、どなたかが「直木賞おめでとうございました」とお電話をくださったときに、思わず、「いえ、私が受賞したわけではございませんので」と応えてしまって（笑）。語り種になってしまいました。

柳橋　色川さんは「素材にして悪かった」と言ってませんでしたか。

色川　とんでもありません。「君は小説家にとって最高のモデルだ」なんて笑っているんです。その後に、編集者にそそのかされて書いた『離婚』の続編の題名が「妻の嫁入り」ですからね。それでまた、カーッと頭にきてしまって（笑）。

柳橋　直木賞を受賞された翌年、練馬に引っ越されましたが、生活に変化はありましたか。

色川　相変わらずでしたね。ある時、たまりかねて、「私は奴隷ではないのよ」と言ったら、「そう言われても仕方ないだろうな」と神妙な顔をしていましたが、自分の生き方を変えようとはしませんでした。この頃には、私のほうから色川に距離をおいて、冷静に観察するようになっていました。

それまで引っ越しを繰り返してきましたが、私は自分の好きな家を建ててそこで死にたいと思うようになっていました。色川がナルコレプシーだったこともあって、将来のことが心配になったんです。しかし、色川は「俺が死んだときは、後を追えばいい。きみはひとりでは生きられない」と、ちっとも真面目に考えてはくれませんでした。それで私の両親に融通してもらって荻窪に家を購入しました。ところが、「冗談じゃない、君の親父が買った家などに住めるか」と怒りだして……。それ以来、私に対してすごく屈折しましたね。私もストレートに感情を表さなくなりました。色川は怯えていたんでしょうね。

孤独感を共有できる父子関係

柳橋 その頃、昭和五十六年に『百』で川端康成文学賞を受賞されました。

色川 『百』は色川の父親のことを書いた小説でしたが、受賞した年の十月に九十八歳で亡くなったんです。夜中にひとりで部屋に籠もって嗚咽していました。相当ショックだったようです。幼い頃には、冬になると父親がセーターを編んでくれたといいます。色川と父親の生き方は明らかに違っていましたが、お互い、口にださないながらも孤独感を共有できる関係に思えましたね。

柳橋 亡くなった直後に、お父さまの霊が色川さんを訪ねてきた、という話も聞きましたが。

色川 ええ。私も居たんですが、あれは怖かった。夜中に矢来町の実家の裏木戸を誰かがトントンと叩くんです。色川が出てみると誰もいない。戻ってみると照明が消えていて、またトントンと音が聞こえてくる。お父さまの霊が戻っていらしたのかなって。小説のように、百歳まで生きていて欲しかったでしょうね。

柳橋 最後の作品になった『狂人日記』では読売文学賞を受賞されました。

色川 私は『狂人日記』が最も色川らしい小説だと思っています。自分の孤独をよく分析していて、読んでいて涙がでてきました。ナルコレプシーで苦しんでいたせいか、「俺は、もう死ぬかもしれない」と口にするのが日常茶飯事でしたが、『狂人日記』には切実な「死」の匂いを感じました。

執筆中も、あの食いしん坊の色川が脂っこいものを控え、「『狂人日記』の原稿を書いている最中は、誰が来ても、玄関で断ってくれ」という力の入れようでした。私は単行本が出る度にサインをしてもらうのですが、それまでは『俺のそばに居たければお金をもってらっしゃい。武大』といった類のものばかりだったのが、『狂人日記』のときに限って『最愛なる妻へ。狂人より』でした。「死」を予感していたのかも知れません。

柳橋　「親父さんだって九十八歳まで生きられたんですから、まだまだですよ」なんて言っていたんですが……。

色川　ナルコレプシーで強い薬を飲み続けていましたから、とっくに死んでいてもおかしくありません。心臓が強いこともありましたが、強靭な精神力で病を説き伏せてきた。しかし、「無頼派」のイメージを守ろうとするあまり、ついには自分の中での「虚」と「実」のバランスを崩してしまった。過剰なサービス精神が寿命を縮める要因になったとしか思えません。

柳橋　つい他人に与え過ぎてしまうんですね。それも色川さんの魅力ではありましたが。

色川　誰も責めることはできません。自ら望んでしていたことですから。ただ、かなり無理をしていました。晩年、「俺だって、疲れるさ。でも途中でやめるわけにもいかないじゃないか。もう人と会うのは疲れたよ」と珍しく素直になって本心を口にすることがありました。少しは嫌われものになればよかったんです。誰からも愛される神様なんかいるわけがありません。しかし、最後まで突っ張り通して、ついには自分でも「虚」をコントロールできなくなってしまった。

柳橋 それで、東京を離れて岩手県の一関に引っ越そうと考えたんですね。

色川 ええ。ところが一関にも友人がいて、またサービス精神を発揮してしまう。知り合いのいない土地に行けばいいのに、孤独に弱いからそれができないんです。いつも友人に囲まれていましたが、孤独な「実」の部分を理解してくれる友人が殆どいなかった。辛かったでしょうね。

宝物は家系図

柳橋 一関に引っ越されるときに、残りの人生を作品に集中したいという色川さんの思いを強く感じただけに、亡くなられたのは残念でした。

色川 亡くなる数日前に、津島佑子さんが平林たい子賞を受賞なさったのを病院のベッドで聞いて、「今、俺は死ぬわけにいかないんだ。あと一本長編を残さなくては」と言っていました。文学に対して貪欲になっていましたね。あと一本だけでも書かせてあげたかった。それが心残りです。

柳橋 色川さんは以前、「夏目漱石論」を書きたがっていましたが、どんな小説を構想していたんですか？

色川 「今度の長編では、きみは自殺するぞ」と言うんです。「えっ、また私のことを書くつもりなの」と嫌な顔をしたら、「きみを置いては死ねないから、自殺してもらわなくては困る」

ですって。
柳橋　孝子さんのことを書くつもりだったんですね。
色川　いえ、それもあったんでしょうが、もっとドロドロした色川家と黒須家（孝子さんの実家）の関係を書きたかったようです。『離婚』『百』『狂人日記』で、妻、父親、自分自身について書いてきて、今度は自分のルーツを書こうとしていたんです。生前、「大事なものをきみに預けておく」と渡された箱があったんです。宝物だと言っていました。亡くなった後に箱を開けたら、色川家の家系図が入っていました。
柳橋　色川さんは和歌山の色川村も訪れていますよ。自分のルーツにこだわっていたんですね。両家の間に挟まれて、孝子さんゆえに自殺する、そんな小説を考えていたのかも知れない。
色川　でも、小説のモデルにされて、まわりからさんざん誤解された挙げ句、最後に殺されるなんて許せないですよ。私はまだ生きているんですから（笑）。純文学というのは屈折していないと書けないのかしら。
柳橋　これまでの文学の歴史でも、私生活の不幸が純文学の名作を数多く生んできましたからね。
色川　私も生活者としての色川には諦めているところがありましたが、小説家として評価されていくのはとても嬉しいことでした。晩年は、もう、夫とか、同居人という意識をなくして、自由に生活することで、いい小説を書いてくれればいい、と客観的に冷めた接し方をしていました。それは、色川にとっては寂しいことだったのかも知れませんね。自分から離れていかれるようで。

柳橋　血のつながった妻である孝子さんがいたからこそ、色川さんは屈折を抱えながらも書き続けられたと思います。

色川　従兄妹同士であるという原点がお互いの奥底に秘められていて、それが二十年の歳月を支え、闘いを持続してこれたんでしょうね。色川との二十年間をあらためて振り返ると、アトランタ五輪の有森選手ではありませんが、「自分を褒めてやりたい」というのが正直なところです。そして、私を強くしてくれた色川に感謝しています。

今ごろ、色川は天国だけでは物足りなくて、地獄にも遊びに行っているでしょうね。天国のお花畑で静かに座っていられるような人ではない。どこに行っても、平和に満足できない人なんです。逆に、死後しばらく私は色川の広い人間関係を一手に引き受けて混乱していましたが、今は犬と暮らしていてあまりにも平和で、ボケてしまいそうで……。色川に翻弄されていた日々のことを思い出して憤慨すればボケないかしら（笑）。

柳橋　それはいい。僕たちは、それぞれの色川像に浸って褒め続け、孝子さんは憤慨し続ける。これで「虚」と「実」のバランスもとれます（笑）。

（「文學界」一九九七年五月号）

あとがき――不思議な怪物とその後の私

色川孝子

平成二十七年三月二十八日色川武大八十七回目の誕生日。四月十日には没後二十七年目に突入。待ったなしで時は過ぎていくのでした。「あと一本」と言っていた長篇作品を完成させてあげたかったと思います。その作品には、死の直前まで拘りを抱いていました。さぞ無念だったことでしょう。

不健全不健康そのものだったあの人が、どこか無人島に行って、文学青年ふたり、看護婦ひとりと一緒に住み、それぞれ釣りが趣味だったり、料理が得意だったり、退屈しのぎに卓を囲んだりしながら、清々しい空気を吸い、新鮮な魚を食べたりしたならば、ひょっとして体も引き締まり、ナルコレプシーという厄介な病も完治したかもしれません。しかし、『狂人日記』や本書に収められた短篇小説群が生まれたのは、あの病のおかげと言っていいかもしれないのです。彼の文学にじゅうぶん役立っていたのでしょう。

「孝子ちゃんのようなお嬢さま育ちが、なぜああいう人と暮せたのかしら?」

私を幼い頃から知る人たちの声は、今でもちらほら耳に届きます。お手伝いさんがいて、二十歳を過ぎるまでロクに家事などしたことがなかったのですから、何不自由ないお嬢さま育ちと言われれば、その通りでしょう。とはいえ、私は幼稚園の頃、片目がほとんど見えないことに気づかされ、ずいぶんと恥をかき、劣等感も持ち、いじめにも遭ってきたのです。おかげで、小さい頃から否応なく強い精神力を身につけていたように思います。

私の父と色川の母が姉弟という関係で、武ちゃんは私の家と行き来があり、私のオムツもかえてくれたそうです。私が成人してからのこと、武ちゃんの弟の結婚式に招待され、久しぶりに彼との出会いがありました。まだ後年ほどの肥満体ではありませんでしたが、記憶に残っている姿よりは全体にふっくらとし、しかし和服姿が似合い、男としての色気も漂い、深く厚みのある人間味に溢れ、実に魅力的な風貌をしていることに気づいたのです。その印象は色濃く、フラッシュバックのごとく今も蘇ります。もっとも、この人と激動の人生を送ることになろうとはそのとき夢にも思いませんでした。あくまでも、いとこの武ちゃん、でしたから。

それからの二十年間の詳細は、柳橋さん（『麻雀放浪記』の担当編集者）が聞き手になって下さったインタビューに譲りますが（本書二二八頁から所載）、一緒に暮し始めた頃の私は、彼にとって完璧な天使だったのだろうと思います。それはだんだん崩れていくのですが……。

武ちゃん。色川武大、阿佐田哲也。表街道、裏街道。二つの顔を持ち、たくさんの引き出しの中に計り知れないほどの人生が詰まっているのでした。それは人間の味となり現われ、一度会っただけで多くの人たちは魅了され、引き込まれていくのでした。実像と虚像を見事に使い分け、発作のとき以外は、ブレることなく演じきったと思えます。病に苦しみながら、他人へは決して「ノー」と言わず、天才的なまでの気配りをし（身内への対応とは異なり、天と地の差がありました）、無理に無理を重ねた姿を思い浮かべては、今なお涙することもあります。私にも、まだ天使の部分が残っているのでしょうか。

「たっちゃん（私のこと）の傍にいるとホッとするんだよ」

そんな甘い言葉を口にすることもあり、またなぜか決まって年に二度だけ、「たっちゃん、僕の傍にいてくれてありがとう」と言うのでした。

武ちゃんは、本当の心の底からは人間を信じ切れなかったように思えるのです。それゆえに、自分と同じように劣等感を抱え、生まれ育ちの背景もよく承知している私に安堵感をおぼえたのでしょう。

彼と暮すことで、さまざまな出来事に遭遇し、いろんな人間が家に出入りし、私は常に慌ただしく、一人でお風呂にも入れない彼の病を案じ、彼のわがままな振舞いに苛立ち、かつ孤独感にさいなまれる日々を送っておりました。色川武大、阿佐田哲也という虚実ないまぜになったルツボに巻き込まれ、「もう沢山だ」と、〈感情〉という二文字に翻弄されて、「いっそ命を断つことができるのなら、無になれるのなら、どんなに楽だろう」と思ったことは幾たびもありました。

武ちゃんが亡くなってから二十六年。ずいぶんと彼が原因でのドラマがありました。しかし、「感情があることが生きている証なのでは」と考えられるようになっています。このように強く成長できたのも、幼い頃からのコンプレックスと、武ちゃんと暮したイバラの年月のおかげなのでしょう。

やはり、魅力的な武ちゃんでした。だからこそ、葛藤の連続でもがき苦しみながらも、共に戦えたのだろうと思っております。愛と呼んでもいいのですが、私たちはあくまで、いとこ同士の愛情物語だったのではないでしょうか。

ともあれ、今の私は、明日へ前進する気持ちだけは持っているのです。それもこれも、武ちゃんとの二十年が原動力になっています。

私は寿司折を持って帰宅しました。ネタはエビ、ホタテ、ミル貝、マグロの赤身、アナゴ、カンピョウ巻など、私の大好物ばかりです。

「武ちゃん、お土産よ」

「何だい、たっちゃん」

「総理大臣から、『あのような方と二十年もの間、よく頑張って一緒に暮しましたね。よって、ここに国民栄誉賞を授与します』ですって、これ頂いたの。ヤッター！」

「また莫迦なこと言って」

「いいじゃない、武ちゃんと喜びを分かち合いたいのよ。うふふふふ」

二人して大笑い。生きていたら八十七歳、まだ髪の毛は残っているかしら、少しは痩せたかしら。「ノー」と言える武ちゃんになれたかしら。今はただ、への字に曲げ、笑みを浮かべる彼の口元がなぜか懐かしいのです。

「蛇」を除く小説は全て『色川武大　阿佐田哲也全集』（福武書店）を底本としました。

今日の人権意識に照らして不適切・不適当と思われる語句や表現については発表時の時代的背景と作品の価値、また作者が故人であることを鑑み、そのままとしました。

友《とも》は野末《のずえ》に　九《ここの》つの短篇《たんぺん》

著者　色川武大《いろかわたけひろ》
発行　二〇一五年三月二〇日
三刷　二〇一六年七月一五日
発行者　佐藤隆信
発行所　株式会社新潮社
〒一六二―八七一一　東京都新宿区矢来町七一
電話　編集部〇三―三二六六―五四一一
読者係〇三―三二六六―五一一一
http://www.shinchosha.co.jp
印刷所　錦明印刷株式会社
製本所　大口製本印刷株式会社
乱丁・落丁本は、ご面倒ですが小社読者係宛お送り下さい。
送料小社負担にてお取替えいたします。
価格は函に表示してあります。

ISBN978-4-10-331105-8 C0093